더 큰 나를 위한 리더십 04

타이거 우즈

천재는 노력으로 만들어진다

타이거 우즈

천재는 노력으로 만들어진다

로렌스 J. 론디노 지음
김은후 옮김

좋은 책 좋은 독자를 만드는
㈜신원문화사

목차

　나는 1985년에 골프 역사 속의 흑인들에 관한 텔레비전 다큐
멘터리를 제작하기 위해서 자료를 찾던 중이었다. 그때 타이거
우즈를 처음 알게 되었다. 당시 친분이 있던 뉴욕 대학교의 한
동료는 내가 진행하고 있던 프로젝트에 대해서 듣고는 "상당히
짧은 분량의 다큐멘터리가 되겠네"라고 말해 줄 정도였다.

　나는 식민지 시대의 골프 경기에 참가했던 흑인들에 관한 기
록을 발견할 수 있었다. 타이거 우즈는 골프 경기를 했던 최초의
유색인종이 아니었다. 단지 타이거 우즈만큼 관심을 끌었던 유
색인종이 그동안 나오지 못했을 뿐이었다. 타이거 우즈를 키워

드로 인터넷을 검색하면 약 178만 개의 비공식 웹사이트가 나온다. 그에 비해 아놀드 파머는 57만 6천 개의 웹사이트가 나온다.

타이거 우즈의 명성은 의문의 여지가 없을 정도로 엄청나지만, 독자들은 한 가지 의문을 제시할 수도 있을 것이다. 현재에도 왕성한 활동을 하고 있는 그에 대해서 왜 이 시점에서야 그의 발자취를 살펴보는 것일까 하고 말이다.

타이거 우즈는 골프 신동이었다. 3살이 되기도 전에 이미 기본적인 골프 기술들을 마스터했으며, 미국 방송에 그 내용이 수시로 보도되었다. '마이크 더글라스 쇼미국의 인기 토크쇼—옮긴이'에 출연해서 자신의 뛰어난 실력을 보여 주기도 했다.

하지만 여느 신동들과는 다르게 타이거 우즈는 잠재력을 잘 발전시키며 훌륭하게 성장해 나갔다. US 주니어 아마추어 챔피언십에서 세운 전례 없는 3연속 우승이 그것이었다. 그리고 골프에서 가장 명성 있는 아마추어 타이틀인 US 아마추어 챔피언십에서도 3연속 우승이라는 위업을 달성했다. 타이거 우즈는 스탠포드 대학교 소속 선수로 출전한 미국대학체육협회National Collegiate Athletic Association, NCAA 골프 대회에서도 우승을 차지했다.

타이거 우즈는 별다른 어려움 없이 프로 골퍼로 전향했다. 지금까지 세계적으로 가장 명성 있는 타이틀로 인정받고 있는 메이저 대회에서의 10회 우승을 포함해 프로골프 대회에서 40회 이상을 우승했다. 우즈는 흑인과 백인 혼혈인데다 태국과 중국, 아메리카 인디언의 피도 섞인 다민족 혈통을 가지고 있다. 이러한 인종적 특성은 오랫동안 인종차별을 해 오던 골프계에서 그의 업적을 더욱 부각시켰다.

타이거 우즈는 북부 캘리포니아 교외의 평범한 중산층 가정에서 자랐다. 공립학교에 다니던 그는 고교 골프팀의 정식 선수로 활동하면서 골프 대회에 참가했다. 이러한 이유만으로도 이 책을 쓰는 목적은 충분할 것이다. 하지만 이것이 이유의 전부는 아니다. 타이거 우즈 신드롬은 골프계와 스포츠계에 대한 지금까지의 차원을 훨씬 넘어서는 것이기 때문이다. 타이거 우즈는 나이키와 첫 계약을 맺은 후부터 전 세계에 큰 영향을 미치는 슈퍼스타로 성장하며 막대한 부를 거머쥐었다. 그는 백인 우월주의가 만연한 미국 사회에서 혼혈인으로서 이 모든 것을 이루어 냈다.

타이거 우즈에 대해 언급할 때마다 그의 천재성을 보여 주는 수많은 일화들을 빼놓을 수 없다. 이 책에서는 짧은 시기 동안 많은 것을 이룬 그의 인생에 대해 다룰 것이다.

위인전 대부분을 살펴보면 부모의 역할은 항상 중요한 요인으로 손꼽힌다. 타이거 우즈의 아버지 얼 우즈 역시 그의 성장에 많은 영향을 주었다. 미국에서 흑인 인권이 무시당하던 시절에 얼 우즈가 어떻게 성장했고, 그가 어떤 삶을 살았는지도 이 책은 많은 부분을 할애할 것이다. 그리고 타이거 우즈의 어머니 쿨티다 푼사와드도 태국에서 태어났지만, 흑인 남성의 아내가 되어 미국에서 삶의 터전을 잡았다.

이 책의 상당 부분은 어쩔 수 없이 골프 경기에 대한 이야기를 해야 한다. 골프의 독특한 특징들, 예를 들어 각 개인이 규칙을 정확히 준수하려는 등의 이런 엘리트적인 요소들은 타이거 우즈의 성장에 많은 영향을 주었기 때문이다.

언제나 다음 세대의 성공을 가능하게 한 밑바탕에는 개척자들의 희생과 고난이 서려 있다. 따라서 이 책에서는 1961년까지 미국프로골프협회 Professional Golfers Association, PGA에 가입하는 것조차 허락되지 않았던 흑인 골퍼들을 소개하려고 한다. 그들이 어떻게 타이거 우즈의 성공에 영향을 끼쳤는지도 알아볼 것이다.

이 책은 골프에 대해 기록한 책이 아니다. 정확히 말하자면, 아주 짧은 시기 동안 상상할 수 없는 기록을 세운 골프 천재에 대한 이야기이다. 아울러 이야기의 중심에는 미국 주류 사회에 동화되기 위해서 치열하게 살았던 가족의 이야기와 그런 노력이 어떻게 역사상 가장 위대한 골퍼를 만들 수 있었는지에 대해 보여 줄 것이다.

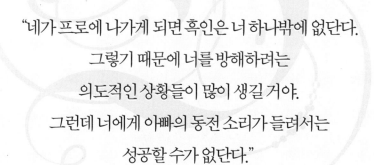

"네가 프로에 나가게 되면 흑인은 너 하나밖에 없단다.
그렇기 때문에 너를 방해하려는
의도적인 상황들이 많이 생길 거야.
그런데 너에게 아빠의 동전 소리가 들려서는
성공할 수가 없단다."

얼 우즈

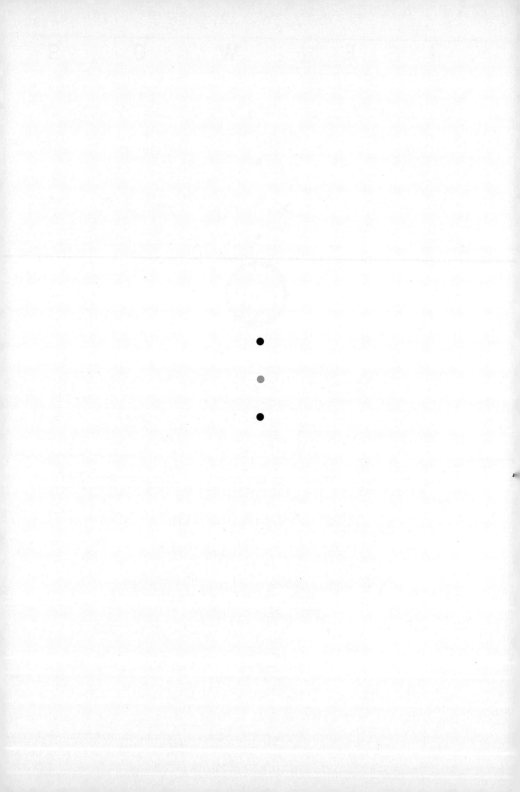

타이거 우즈의 어린 시절

    골프는 평범한 사람들을 위한 스포츠가 아니었다. 골프는 13세기경 스코틀랜드 지방에서 양을 치던 목동들에 의해서 처음 시작되었다. 그리고 지금의 모습을 갖춘 골프 경기는 18세기 후반에 미국에서 도입된 것으로, 부유층만이 즐길 수 있는 게임이었다. 그러다 1913년 US 오픈에서 매사추세츠 주 브루클린 출신의 전직 캐디이자 무명의 아마추어 선수인 프란시스 위멧이 영국의 프로 선수 2명을 꺾고 우승을 차지하면서부터, 골프는 미국 대중들의 마음을 사로잡았다. 그럼에도 불구하고 골프는 항상 부와 특권의 상징처럼 여겨졌다.

하지만 이러한 사실과는 달리 오늘날 세계 최고의 골퍼는 유색인종인 타이거 우즈이다. 타이거 우즈는 흑인, 아메리카 인디언, 백인, 태국인, 중국인의 다섯 인종의 피가 섞여 있다. 그가 가진 여러 인종들의 전형적인 특징들을 제외하고는 타이거 우즈의 업적을 평가할 수 없다. 그의 인종적 특징들은 여러 가지 부분에서 결단력이나 대담함, 예리함과 정신적 평온함 등으로 훌륭하게 드러난다. 하지만 그것만으로는 타이거 우즈의 업적을 모두 설명할 수 없다.

엘드릭 타이거 우즈는 1975년 12월 30일에 태어났다. 그의 아버지 얼 우즈는 베트남에서 함께 복무했던 베트남 장교에게 경의를 표하는 의미로 아들의 이름을 '타이거'라고 지었다고 한다. 타이거 우즈가 태어났을 때, 아버지 얼 우즈는 44살의 나이로 막 군대에서 제대한 후였다. 그 당시 그는 이혼한 뒤였고 또 다른 가정을 꾸려 나가는 것을 그다지 바라지 않았다. 얼 우즈는 이혼한 전 부인과의 사이에 세 자녀가 있었다. 그래서 일부러 아이들과 가까운 캘리포니아 북부에 정착했다.

타이거 우즈의 어머니인 쿨티다 푼사와드는 얼 우즈가 베트남 전쟁 중 태국에서 복무할 때인 1967년에 만났다. 그녀는 미국 생활에 빠르게 적응해 나갔다. 태국 문화권에서는 부부 사이에 아이들이 생기기 전까지는 완전한 결혼으로 인정하지 않는다. 따라서 쿨티다는 자신의 아이를 갖기를 원했고, 그 결과 타이거 우즈가 세상에 태어났다.

1970년대 중반의 미국 캘리포니아에는 다양한 인종이 모여 살고 있었다. 그럼에도 얼과 쿨티다는 인종차별을 겪어야 했다. 집주인들은 얼을 만나고 난 후에 집값을 갑자기 올려 버리곤 했다. 그 후 얼은 사람들이 흑인에게 집을 파는 것을 꺼린다고 확신했다.

얼의 첫 번째 부인 사이에서 생긴 18살의 아들 얼 주니어가 그와 함께 살고 있을 때 불쾌한 사건이 발생했다. 얼 주니어가 차를 차고에 주차시키고 있을 때 지역 경찰들에게 괴롭힘을 당했던 것이다. 이 사건으로 그들은 캘리포니아 주 사이프러스에서 타이거 우즈가 자랐던 집을 살 수 있었다.

골프와의
첫 만남

얼 우즈는 포트해밀턴에서 군 복무를 하고 있을 때부터 골프에 관심을 갖기 시작했다. 얼은 타고난 승부욕 때문에 골프를 단지 취미로 즐기는 데 만족할 수 없었다. 그는 끈질긴 열의를 가지고 골프에 집중했다. 군대를 제대하고 맥도넬 더글라스 사에서 컨설턴트로 일하는 동안에 실질적으로 골프를 연습하거나 칠 수 있는 시간이 턱없이 부족해지자, 얼은 골프를 칠 수 있는 시간을 최대한 얻기 위해 노력했다. 타이거 우즈가 태어날 무렵, 얼은 싱글 핸디캡 골퍼 핸디캡이 1~9 사이로 골프를 매우 잘 치는 사람을 이르는 용어—옮긴이가 되었다. 싱글 핸디캡 골퍼는 대단한 실력을 갖춘 취미 골퍼를 의미했다.

얼은 골프 연습을 하기 위해서 차고에 골프 네트를 설치해 놓고, 퇴근 후에는 차고에서 좀 더 완벽한 골프 스윙을 위해 골프공을 치고는 했다. 그럴 때마다 온종일 아이를 보느라 지친 아내가 쉴 수 있도록 타이거 우즈를 차고로 데려와 유아용 의자에 앉히고, 골프 연습을 하는 자신의 모습을 보도록 만들었다.

타이거 우즈는 태어나기 전부터 골프에 특별함을 느꼈을지도 모른다. 얼 우즈는 북부 캘리포니아의 샤스티나 호수에서 열렸던 골프 대회에 출전해서 자신의 아내와 함께 골프 코스를 걷고 있었다. 그때 아내의 뱃속에서 타이거가 갑자기 움직이기 시작했다. 그러다가 그린에 가까이 다가가면 신기하게도 움직임을 멈췄다. 특히 선수들이 퍼팅하고 있을 때 설명할 수 없는 마법처럼 타이거가 얌전해지는 것을 얼 우즈는 느꼈다고 한다.

얼 우즈는 아들이 아주 어렸을 때부터 골프에 유별난 관심을 보였다고 밝힌 바 있다. 그는 어린 아들이 자신이 차고에서 골프공을 네트로 치는 동안 몇 시간이고 칭얼거리지 않고 얌전히 지켜보고 있다는 사실을 알아차렸다. 또한 아직 걸음마도 떼지 못한 9개월의 타이거 우즈가 골프채를 잡고 처음 골프공을 쳤을 때는 깜짝 놀랐다. 18개월이 되자 타이거는 아버지와 함께 골프 연습장에서 골프공을 칠 수 있었다.

얼은 퇴역 군인의 자격으로 로스알라미토스의 미 해군 골프장을 이용할 수 있었다. 그는 그곳에서 자주 골프를 쳤고, 그럴 때마다 어린 타이거를 데리고 다녔다. 어린 나이에 골프 코스에서 골프를 치는 것은 아이의 실력을 빠르게 향상시켰다. 4살도 되기 전에 9번 홀에서 48타를 쳤고, 5살이 되기도 전에 정식 코스에서 자신의 첫 번째 버디Birdie, 한 홀에서 기준 타수(파)보다 1타 적은 타수로 공을 홀에 집어넣는 것—옮긴이를 성공시켰다.

타이거가 처음으로 아버지와 따로 골프를 치려고 했을 때, 골프장 관계자들은 어린아이가 어른의 보호 없이 골프를 치려면 적어도 10살이 되어야 한다는 규정을 내세우며 허락하지 않았다. 그러나 이 규정은 흑인에게만 차별적으로 시행되었다. 타이거와 얼은 다른 아이들이 이 규정을 어기는 것을 바라만 봐야 했다.

얼 우즈에게 처음부터 타이거 우즈를 골프 선수로 키울 계획이 있었던 것은 아니다. 하지만 어린 아들이 골프에 대한 유별난 흥미를 보이면서부터 그는 스포츠에 대한 아들의 열정을 지지하기 시작했다. 타이거가 어렸을 때는 얼 우즈가 직접 골프를 가르쳤다. 얼은 아들에게 그립 잡는 법과 올바른 자세를 유지하는 법, 기본적인 스윙 등의 기초 상식을 가르쳤다. 그 덕분에 우즈는 시작부터 탄탄한 기초를 쌓을 수 있었다.

그러나 타이거 우즈가 골프 챔피언으로 성장하는 데 더 많은 도움을 준 건 기술적인 도움보다 정신적인 영향이 컸다. 얼은 어린 타이거와 함께 골프를 치면서 아이가 정신적인 방해 요인들을 극복할 수 있는지 인내력을 자주 시험해 보곤 했다. 예를 들어, 일부러 집중력을 흐트러뜨리려고 아들의 백스윙Back Swing, 골프에서 공을 칠 때 반동을 주기 위하여 골프채를 뒤로 들어올리는 동작이 정점에 도달했을 때까지 기다렸다가 골프공을 떨어뜨리거나 주머니에 있는 동전들을 찰랑찰랑 소리가 나게 만들었다. 때론 타이거 우즈가 화를 내기도 했지만, 두 사람의 끈끈한 부자 관계는 금세 타이거의 화를 풀리게 만들었다. 얼은 자신의 행동이 너무 심했다는 생각이 들면 타이거를 방해하지 않았다. 타이거 우즈는 아버지의 훈육 방식에 대해 다음과 같이 이야기한 적이 있다.

"아버지의 방해 때문에 당시에는 많이 힘들었지만 결코 고약한 방법은 아니었어요. 언제나 제 인격은 지켜 주면서 비하하지 않는 방식이었거든요. 아버지는 제 인격에 좋은 영향만을 주셨답니다."

얼과 쿨티다는 아들에게 침착함과 냉정함을 유지하는 법을 가르치기 위해 항상 노력했다. 특히 이 부분에서는 쿨티다의 역할이 컸는데, 그녀는 타이거 우즈가 골프 경기 중에 참을성을 잃고 흥분하는 걸 용납하지 않았다. 그녀는 아들에게 "네가 앞서고 있을 때도 긴장을 놓지 말거라. 모두 이겨야 해. 그리고 경기를 모두 끝냈을 때, 그때는 평범한 운동선수로 돌아가도 좋단다"라고 말하며 항상 경기에서 이기는 데만 집중하라고 가르쳤다.

이런 훈련들은 타이거가 신체적인 어려움을 극복하는 것뿐만 아니라 정신력을 키우는데도 도움을 주는 프로그램이었다. 타이거는 아버지가 자신의 기량을 시험하는 것에 계속 도전하고 있었다. 타이거가 아버지보다 18미터 정도 더 멀리 드라이버 샷을 치게 되자 드라이빙 콘테스트에 참가했다.

1979년쯤부터 타이거 우즈의 놀라운 골프 실력이 세상에 알려지기 시작했다. 마침내 우즈의 어머니는 전직 미식축구 선수이자 LA 방송의 스포츠 리포터인 짐 힐에게 연락을 취했으며, 짐 힐은 카메라맨을 데리고 타이거 우즈를 취재하러 미 해군 골프장으로 찾아왔다. 그들은 4살짜리 타이거 우즈를 소개하는 뉴스를 제작했고, 곧이어 타이거는 '댓츠 인크레더블That's Incredible'이라는 쇼프로그램에 프로미식축구팀 미네소타 바이킹스 쿼터백 프랜 탈켄톤과 함께 출연했다. '마이크 더글라스 쇼'에서는 코미디언 밥 호프와 함께 출연했으며, 조니 카슨이 진행하는 '투나잇 쇼'에도 출연했다. 7살이 된 우즈는 샘 스니드와 함께 시범 경기도 가졌다. 1981년 11월에 발행된《골프 다이제스트》에 '5살의 타이거, 놀라운 천재'라는 제목의 기사가 나왔는데, 이는 전국으로 발행되는 잡지에서 타이거 우즈를 최초로 언급한 것이었다.

5살의 어린아이에게 이러한 지나친 유명세와 찬사는 많은 문제를 일으킬 수도 있었지만, 부모의 가르침 아래에서 성장한 타이거는 자만심 때문에 생기는 문제들을 피할 수 있었다.

타이거 우즈는 어려서부터 이미 스타성을 가지고 있었다. 많은 사람들 앞에서 이야기하는 것뿐만 아니라 전국의 시청자에게 방송될 카메라 앞에서 말하는 것에도 주눅 들지 않았다. 밥 호프가 어린 골프 신동에게 농담으로 대결에 돈을 걸겠다는 말을 했을 때, 2살이던 타이거는 영리하게도 자신의 공을 홀 가까이로 옮기고 가볍게 쳐 홀 속으로 넣었다.

타이거 우즈가 4살이었을 때 내기 골프와 관련된 일화가 있다. 어느 날 얼 우즈는 주머니 가득 25센트짜리 동전을 채우고 골프장에서 내려오는 타이거와 마주쳤다. 타이거 우즈는 자신보다 나이가 더 많은 소년들과 25센트 내기로 퍼팅을 해서 딴 돈이라며 아버지에게 자랑했다. 얼은 그 말을 듣고 아들에게 25센트를 걸고 도박을 하지 말라고 야단쳤었다. 그 일이 있고 난 얼마 후, 얼은 주머니 가득 지폐를 채우고 온 타이거 우즈를 봤고 그 돈의 출처를 물었다. 아버지의 말을 잘 따르던 어린 타이거 우즈는 25센트 대신 지폐를 걸고 스킨스 게임 Skins Game, 매 홀마다 상금이 걸려 있는 경기을 했다며 뿌듯하게 말했다. 결국 얼은 자신의 실수를 깨닫고 아들에게 앞으로는 친구가 아닌 사람과 돈을 걸고 하는 내기 골프는 절대 하지 말라고 타일렀다.

타이거 팀의
시작　　　　　　　　얼 우즈는 실력 있는 아마추어 골퍼였지만,
　　　　　　　　　어느 순간부터 자신이 더 이상 타이거 우즈
에게 필요한 훈련을 시켜 줄 수 없음을 깨달았다. 얼은 그때부터

레슨비가 비교적 저렴하면서도 실력을 갖춘 전문가를 찾기 시작했다. 또한 쿨티다는 타이거 우즈가 보호자를 동반하지 않고도 골프를 칠 수 있는 골프장을 찾았다. 그녀가 찾은 곳은 롱비치에 위치한 파3 퍼블릭 코스Public Course, 회원제가 아니고 일반 사람도 플레이를 할 수 있는 골프장—옮긴이인 하트웰 골프장이었다. 그녀는 골프장에서 프로 선수들의 보조로 일하고 있던 루디 듀란에게 자신의 아들을 가르쳐 줄 코치가 있는지 물어봤다. 루디 듀란은 타이거 우즈의 골프 스윙을 한번 보자고 했고, 그의 스윙을 본 듀란은 나중에 다음과 같이 말했다.

"타이거 우즈는 마치 모차르트 같았어요. 투어 프로 선수의 작은 축소판이었지요. 만약 잭 니클라우스골프의 제왕이라고 불리는 미국 프로 골퍼로 전미 오픈, 전미 프로, 마스터스, 전영 오픈 등에서 우승을 차지했다를 데려와 작게 만들었다면, 그게 바로 타이거 우즈였을 거예요. 그 아이는 천재였어요."

그때부터 듀란은 우즈의 훈련을 맡기 시작했다. 4살이었던 타이거 우즈의 비거리를 고려해 특별한 파로 구성된 짧은 코스를 고안했다. 어린 타이거에게 맞게 조정된 코스에서 골프를 치는 것은 자신감을 높이는 데 도움을 주었다. 미 해군 골프장에서의 차별 때문에 하트웰 골프장으로 옮긴 일이 오히려 새로운 계기를 맞게 한 셈이다. 그곳에서 우즈는 어려서부터 숏 게임에 집중하는 법을 배울 수 있었다. 또한 듀란은 자신이 운영하는 골프 클리닉에서 어린 우즈의 도움을 받아 다른 사람들의 잘못된 골프 스윙 자세를 고쳐 주었다. 어린 나이에도 불구하고 타이거의 신기할 정도로 높은 골프 스윙에 대한 이해력 때문에 가능한 일이었다.

그 후에도 얼은 골프 전문가들에게 타이거를 소개했다. 그들은 타이거의 성장에 필요한 것들을 적절한 시기에 제공했으며, 타이거 우즈가 유명해지면서부터는 '타이거 팀'이라는 별칭으로 불렸다.

존 안셀모는 한때 뛰어난 성적을 거뒀던 투어 프로였다. 하지만 골프공에 얼굴을 맞은 후 시력을 잃고 말았다. 1986년에 얼 우즈가 자신의 아들에게 골프를 가르쳐 달라며 찾아왔을 때, 그는 캘리포니아 헌팅턴 비치에 있는 메도우락 골프장에서 티칭 프로로 일하고 있었다. 타이거 우즈의 재능을 알아본 존 안셀모는 7년 동안 타이거 팀에서 적극적으로 활동했다.

"그 아이는 당시 고작 10살이었지만 굉장한 리듬감과 균형감을 가지고 있었어요. 너무나 경이로웠지요. 난 그때 이미 그 아이의

특별함에 빠져들었어요. 마치 운명 같은 일이었고 내가 타이거
팀의 멤버라는 사실이 만족스러웠어요."

타이거 우즈가 14살이 되었을 무렵, 그는 자신의 성장에 커다
란 영향을 준 제이 브룬자 박사와 만났다. 얼 우즈는 사이프러스
의 미 해군 골프장에서 해군 대위 제이 브룬자와 함께 골프를 쳤
다. 제이 브룬자는 스포츠 심리학자로 해군사관학교에서 생도
들의 집중력을 높이는 방법을 연구 중이었다. 또한 골프를 열렬
히 좋아하는 사람이었다.
　그는 타이거가 골프 경기에서 높은 집중력을 유지하는 데 중
요한 역할을 담당했다. 특히 최면과 환각 요법을 통해서 타이거
가 극심한 압박감에 직면하게 되더라도 경기에만 집중하도록 정
신력을 강화시켜 주었다. 뿐만 아니라 타이거가 주니어 골퍼로
활동하는 동안 그의 캐디 역할을 맡기도 했다.

　수많은 사람들이 우즈를 천재라고 치켜세웠지만, 우즈의 부
모는 아이가 자신이 가진 재능에 대해 자신하되 자만하지 않도
록 균형 감각을 심어 주려고 노력했다.
　1981년 9월, 백인 학생의 수가 많은 사립유치원에 입학하는
날 우즈는 처음으로 인종차별을 경험했다. 타이거 우즈보다 나

이가 많은 백인 소년들이 나무에 타이거를 묶어 놓고 인종적인 모욕을 하며 놀렸던 것이다. 이 사건은 가해 학생들을 처벌하는 선에서 마무리되었지만, 이를 계기로 타이거 우즈의 부모는 아이를 공립유치원에 보내기로 결정했다.

공립유치원은 경제적인 부담도 덜했을 뿐만 아니라 타이거의 학습에도 긍정적인 영향을 주었다. 우즈의 유치원 선생님은 타이거가 다른 학생들보다 우수한 학생임을 알아보고, 우즈의 부모에게 유치원 과정을 건너뛸 것을 추천했다. 하지만 타이거 우즈의 부모는 여러 가지 가능성에 대해 논의한 후, 우즈가 직접 결정하도록 했다. 우즈는 이미 자신보다 나이가 많은 사람들과 골프에서 경쟁을 하고 있기 때문에 학교에서는 또래 친구들과 함께하고 싶다는 뜻을 부모에게 알렸다.

타이거 우즈가 어떻게 태어나기도 전부터 골프에 대해 신기에 가까운 열정을 보일 수 있었는지 정확하게 설명할 수 있는 사람은 없다. 물론 타이거 우즈 자신도 제대로 설명할 수 없을 것 같다. 그러나 그의 골프에 대한 열정을 보여 주는 수많은 일화가 있다.

그의 어머니는 어린 타이거 우즈에게서 골프채를 빼앗는 것이 최고의 벌이었다고 회고한다. 타이거 우즈가 숙제를 미루고 있을 때면 숙제를 끝마치기 전까지 골프를 칠 수 없도록 만들었던 것이다. 많은 사람들은 타이거 우즈의 부모가 아이에게 골프 연습을 하도록 어떤 식으로든 강요했을 거라고 믿고 있다. 하지만 우즈의 주변 사람들은 어떤 압력이나 강요는 없었다고 전한다. 이에 대해 제이 브룬자는 다음과 같이 언급했다.

"타이거는 자신 안에 있는 골프에 대한 열정을 좇고 있었습니다. 결코 누군가의 기대에 맞춰 살도록 강요받지 않았죠. 만약 타이거가 '골프는 너무 지겨워요. 이제는 우표 수집을 하고 싶어요'라고 말한다면, 그의 부모는 망설임 없이 아이를 데리고 우체국으로 갈 사람들입니다."

타이거는 골프 외에도 다양한 스포츠를 즐겼다. 야구, 농구, 크로스컨트리 같은 많은 스포츠 분야에서 남다른 실력을 보여주었다. 그러나 타이거는 곧 다른 스포츠 활동을 그만두었다. 골프 연습할 시간을 자꾸만 빼앗겼기 때문이다.

10살 무렵 우즈는 키 142.5센티미터, 몸무게 37킬로그램으로, 이미 세계 주니어 챔피언십에서 두 차례나 우승했다. 8살부터 13살까지 집 주변에서 열린 수많은 지역 대회와 옵티미스트 인터내셔널 주니어 챔피언십 등에서 여섯 차례 우승했고, 13살 때 출전했던 인슈어런스 골프 클래식 대회에서는 준우승을 차지했다. 14살이 되기도 전에 벌써 200개가 넘는 트로피를 모으며, 어린 골퍼로서 전례 없는 기록들을 계속 만들어 갔다.

우즈는 방 안 왼쪽 벽에 모든 메이저 골프 대회US 오픈, 브리티시 오픈, 마스터스, PGA 챔피언십 목록을 꼼꼼하게 차트로 만들어 놓았다. 오른쪽 벽에는 잭 니클라우스가 메이저 골프 대회에서 처음 우승했던 당시의 사진을 오려 붙이고 그의 나이를 써 두었다. 타이거의 목표는 모든 메이저 골프 대회에서 우승하는 것이었다. 또한 자신의 영웅이었던 잭 니클라우스가 메이저 대회에서 처음 우승했던 나이보다 더 빨리 그 기록을 달성하고 싶어 했다.

우즈는 인터뷰에서 자신은 평범한 학창 시절을 보냈다고 자주 강조했다. 그러나 그의 사춘기 시절을 살펴보면 여느 아이들과는 달랐음을 알 수 있다. 타이거는 골프 연습 시간을 많이 갖기 위해서 소년 야구 리그에 참가하는 것을 거절했다. 또한 중학교 여름 방학 때 같은 반 여학생이 우즈에게 데이트를 신청한적이 있었다. 하지만 타이거는 같은 이유로 데이트 신청을 거절했다.

단지 식성에 있어서만은 십대의 여느 아이들처럼 우즈도 맥도날드나 타코벨Taco Bell, 미국의 패스트푸드 체인점으로 주로 멕시코 요리를 판매한다, 피자 등을 무척 좋아했다. 텔레비전을 볼 때는 '심슨 가족'과 프로레슬링을 즐겨 봤다.

학교에서의 타이거 우즈 타이거 우즈는 사이프러스에 있는 오렌지 뷰 중학교를 다녔고, 애너하임에서 돈 크로스비가 코치로 있는 웨스턴 고등학교로 진학했다. 크로스비는 자신의 고등학교 골프팀이 연습하던 로스알라미토스에 위치한 미 해군 골프장에서 처음 타이거 우즈를 보았다. 그는 연습 구역에서 몇 시간 동안 골프공을 치고 있는 호리호리한 중학생 소년에게 사로잡혔다. 크로스비는 곧바로 제자들을 불러 타이거의 연습 장면을 보도록 했다. 그의 제자들은 티오프를 하러 가는 와중에 티 위에서 연습하던 우즈를 보게 되었고, 그들이 몇 시간 동안 경기를 끝내고 돌아왔을 때도 타이거 우즈는 여전히 연습 중이었다. 그 후 크로스비는 타이거 우즈가 웨스턴 고등학교로 입학할지도 모른다는 사실을 알게 되었고 그 순간의 감정을 다음과 같이 묘사했다.

"1990년 어느 날, 평소 아끼던 제자가 무심코 저에게 말했어요. '코치님, 타이거 우즈가 저희 동네에 살아요.' 그 말을 듣는 순간

전 얼어붙었고 곧바로 그 학생에게 같은 주택가에서 사는 게 맞는지 물었어요. 그 학생은 '네, 저희 집 오른쪽 모퉁이를 돌면 타이거 우즈 집이 있어요'라고 대답했어요. 하지만 전 '로스알라미토스 골프장에서 봤던 그 타이거 우즈가 확실하니? 우연히 이름만 같은 다른 아이가 아니고?'라며 다시 물었죠. 그 말이 장난이 아니라는 걸 확인하고 싶었거든요. '네, 그 타이거 우즈가 맞아요.' 그 학생이 대답했어요. 그때 그 말은 조니 유니타스프로미식축구에서 최고의 쿼터백으로 존경받는 운동선수 – 옮긴이, 미키 맨틀미국 뉴욕 양키스에서 활동하며 월드시리즈 최다 홈런, 최다 득점, 최다 타점, 최다 볼넷을 기록한 전설적인 프로야구 선수 – 옮긴이, 마이클 조던미국 NBA 시카고불스에서 프로농구 선수로 활약하며 3연속 MVP를 차지한 선수 – 옮긴이이 웨스턴 고등학교의 대표 선수가 된다는 말처럼 들렸어요. 이런 일은 모든 코치의 꿈이었죠."

1980년대 후반부터 1990년대 초반까지의 미국 입시정책은 해당 지역의 학교 입학률이 낮아지면 구역을 다시 나눠 고등학교를 배정했다. 만약 이런 일만 생기지 않는다면, 타이거 우즈는 크로스비가 코치로 있는 웨스턴 고등학교로 입학할 게 분명했다. 크로스비는 타이거 우즈가 자신의 골프팀에 불러올 새바람을 상상하며 마냥 들떴다. 그만큼 타이거 우즈의 영향력은 엄청

낮으며 아무도 대적할 자가 없었다.

고등학교 4학년 때 타이거는 PGA 대회에 초청되었다. 이처럼 타이거는 때때로 초청을 받아 대회에 출전하는 한편, 고등학교 4년 내내 충실하게 고교 골프팀에서 활동했다. 남부 캘리포니아의 학교 간 연합 챔피언십에서 4학년이던 타이거는 마지막 라운드 백 나인에서 30타로 경기를 끝내며 네 번째 우승을 이끌었다.

고등학교의 골프 경기는 보통 두 선수씩 겨뤄 점수를 가리는 9홀 메달 스트로크 플레이 방식의 대결이다. 타이거 우즈는 4년간 고등학교 골프 선수로 활동하면서 100번이 넘는 9홀 매치에서 36언더파라는 놀라운 점수를 기록했다.

한편 타이거 우즈가 2학년일 때 출전했던 컨퍼런스 챔피언십에서 실수로 약 60센티미터 거리의 중요한 퍼팅을 놓친 적이 있었다. 결국 웨스턴 고등학교는 발렌시아 고등학교에게 1타 차이로 지고 말았는데, 크로스비 코치는 팀 선수들에게 타이거가 우승을 놓친 게 아니라 팀이 진 것이라고 말해 주었다. 그때의 경험은 어린 타이거에게 대회에서 집중력을 유지하는 게 얼마나 중요한지 깨닫게 해 주었다.

1990년 9월 24일에 발간된《스포츠 일러스트레이티드》의 특집기사 '대중 속의 스타'에서는 타이거 우즈를 상세히 다루었다.

"캘리포니아 주 사이프러스 출신 타이거 우즈. 14살의 타이거는 포트워스 리즐리아 컨트리클럽에서 열린 전국 주니어 골프 대회에서 72홀 2언더파 286타로 우승했다. 또한 지난 7월 샌디에이고에서 열린 옵티미스트 인터내셔널을 포함한 세계 주니어 대회에서 다섯 차례 우승했다."

전국에 있는 대학교 골프 코치들은 전례 없는 관심을 받고 있는 이 어린 골퍼에게 주목했다. 스탠포드 대학교 골프팀 코치인 월리 굿윈은《스포츠 일러스트레이티드》기사를 눈여겨보고 타이거 우즈에게 스탠포드 대학교 입학을 권유하는 편지를 보냈다. 그는 타이거 우즈가 보낸 답장에 깊은 인상을 받았다. 우즈는 답장에서 감사 인사와 함께 자신의 중학교 성적3.86점을 적어 보냈으며, 자신이 원하는 체격키 180센티미터, 몸무게 54킬로그램을 만들기 위해 운동 프로그램을 시작한다는 등의 구체적 계획을 알려 왔다. 월리 굿윈은 한눈에 타이거 우즈가 또래들보다 뛰어난 작문 실력을 가지고 있음을 알아보았다. 그는 대학교 선수들에게 LA

에 살고 있는 한 흑인 아이가 보낸 편지를 소개하며 이 흑인 아이로부터 무언가를 배울 수 있을 거라고 힘주어 말했다.

타이거 우즈는 수십여 개 대학교로부터 입학 권유를 받았다. 가장 열성적이었던 곳은 스탠포드 대학교, 애리조나 주립대학교, 버지니아 대학교, 애리조나 대학교, 그리고 네바다 주립대학교였다. 고심 끝에 타이거는 네바다 주립대학교와 스탠포드 대학교로 선택의 폭을 줄였다.

타이거의 고등학교 코치인 돈 크로스비는 웨스턴 고등학교에서 가진 기자 회견에서 타이거 우즈가 선택한 대학을 발표했다. 기자 회견장 탁자 위에는 두 대학의 야구팀 모자가 있었는데 타이거 우즈는 네바다 주립대학교의 모자를 탁자 아래로 숨김으로써 자신의 결정을 알렸다. 하지만 사진기자들은 타이거에게 스탠포드 대학교의 모자를 써 달라고 계속 요구했다. 결국 웨스턴 고등학교 교장은, 과격한 학생들 간의 충돌을 방지하기 위해 교내에서는 오직 웨스턴 고등학교를 상징하는 '개척자'라고 적힌 모자만 쓸 수 있었던 규칙을 그날 하루만은 예외로 인정해야 했다.

타이거 우즈는 실제로 자신이 원하는 대학은 어디든 입학할 수 있었다. 그는 골프 실력이 뛰어날 뿐만 아니라 성적도 항상 상위권을 유지했다. 타이거 우즈가 우수한 학업 성적을 거둘 수 있도록 도와준 사람은 그의 부모로, 특히 어머니의 힘이 컸다. 우등생이던 타이거 우즈는 전국우등생연합 회원이기도 했다. 또한 졸업반이던 1993년에는 전미 고등학교 운동선수 장학생으로 선정되었다.

평범한 삶을 살던 타이거 우즈의 부모는 자신의 아이가 골프 천재로 자랄 줄은 상상도 하지 못했다. 힘든 삶 속에서도 어려움을 꿋꿋하게 이겨 내던 순간에 외동아들이 태어났을 뿐이다. 타이거 우즈 신드롬을 만들어 낸 사람은 타이거 우즈 혼자만이 아니다. 어려운 환경 속에서도 타이거 우즈와 부모 간의 특별한 유대가 있었기에 그는 성공을 이룰 수 있었던 것이다.

"부모님의 가장 큰 가르침 중 하나는
절대로 다른 사람의 기대에 맞추어
살지 말라는 것이었습니다.
당신은 자신의 인생을 살아야 하고
자신의 기대에 맞게 살아야 합니다.
그것이 행복입니다."

타이거 우즈

부모님의 헌신적인 보살핌

스포츠 역사상 가장 유명한 이름은 무엇일까? 분명 많은 사람이 '타이거'를 떠올릴 것이다.

타이거의 본명은 엘드릭 타이거 우즈 Eldrick Tiger Woods이다. 타이거의 어머니는 얼 우즈의 E로 시작하고 쿨티다 푼사와드의 K로 끝나는 이름을 아이에게 지어 주고 싶어 했다. 아이가 언제나 부모의 보살핌 속에 있다는 걸 느끼게 해 주고 싶었기 때문이다.

요즘은 재능 있는 자녀의 성장에 부모가 간섭하는 걸 부정적으로 인식하곤 한다. 그러나 타이거 우즈와 그의 부모는 스포츠 천재를 어떻게 양육할지에 대해 매우 긍정적인 사례로 꼽힌다.

타이거의 부모는 처음부터 타이거를 골프 천재로 키우기 위해 교육했던 것은 아니었다.

타이거의 든든한 후원자, 얼 우즈

타이거 우즈에게 가장 큰 영향을 끼친 사람은 아버지와 어머니였다. 그중에서도 미디어를 통해 널리 알려진 사람은 아버지 얼 우즈로, 골프에 관심이 많았던 얼 우즈 덕분에 타이거는 일찍부터 골프를 접할 수 있었다. 얼 우즈가 겪은 모든 경험들이 스포츠 스타로서의 잠재력을 가진 아들을 키워 내는 데 상당한 영향을 주었다.

20세기 중반 미국에서 태어나 성장한 얼 우즈는 자신이 겪은 대부분 일들의 정확한 날짜를 기억하지 못했다. 그는 평범한 사람들이 인생에서 의미 있다고 꼽는 큰 사건들도 기억하지 못할 뿐더러 자신이 재혼한 날짜도 제대로 말하지 못할 정도였다. 그러나 타이거 우즈에게 쏟아진 엄청난 관심과 타이거 우즈의 성장에 미친 그의 영향력이 널리 알려지면서, 기자들은 얼 우즈의 행적들을 확인하기 위해 단서를 찾는 데 몰두하기 시작했다.

얼 우즈의 인생에서 군대는 매우 큰 의미를 지닌다. 특히 베트남에서의 군 생활은 그의 인생에 중대한 영향을 끼쳤다. 정보공개법에 의해 공개된 얼 우즈의 군 복무 서류에 따르면 그는 베트남에서 두 차례 복무를 한 기록이 있다. 이 책은 얼 우즈의 자서전을 상당 부분 참조하겠지만, 그의 생애에 관한 정보는 대부분 입증된 것만을 바탕으로 했다.

1932년 3월 5일, 얼 데니슨 우즈는 캔자스 주 맨해튼에서 6남매 중 막내로 태어났다. 당시 캔자스의 흑인들은 차별적인 대우를 받으며 미국 시민으로서 충분한 권리를 보호받지 못하는 상황이었다. 얼의 가정환경은 소박했다. 얼은 자신이 가난하다고 느끼지 못했지만, 지역 로터리클럽에서 추수감사절에 가난한 아이들에게 주던 음식 바구니를 받은 기억이 있었다. 하지만 풍족한 가정은 아니었을지라도 충분히 행복한 어린 시절을 보냈다. 아직까지도 그의 기억에 남아 있는 한 가지 추억은 크리스마스 선물로 받은 25센트짜리 연이다.

그의 아버지 마일즈 우즈는 한때는 야구 선수가 되길 꿈꿨던 석공이었다. 그의 아버지는 어려서부터 얼에게 노동의 가치를 가르쳐 주었다. 그는 부업으로 정원사 일을 틈틈이 하면서, 주말

마다 근처 야구장에서 점수판을 관리하는 일을 했다. 얼은 가끔씩 아버지가 하는 점수판 관리 일을 도우러 따라나서곤 했다.

하루는 필드에서 백인 야구팀의 경기가 펼쳐졌다. 그 팀은 한동안 아메리칸 리그와 내셔널 리그에 대적하려 했던 벤 존슨 리그에서 활동하던 팀이었다. 아버지 사이에 얽힌 얼의 모든 추억은 이처럼 아버지와의 대화나 경험보다는 야구와 관련된 이야기가 대부분이었다.

모드 우즈는 고등교육을 받은 여성이었다. 하지만 불황기의 미국 어디에서도 교육받은 흑인 여성이 일할 수 있는 곳은 거의 없었기 때문에, 그녀는 평생 주부로만 살아야 했다. 그러나 오늘날까지 타이거 우즈에게 전해진 대부분의 가치관을 심어 준 사람은 바로 할머니인 모드 우즈였다. 그녀는 너그러운 여성이었지만 아이들의 교육에 있어서만큼은 엄격한 신념을 지니고 있었다. 그녀가 받은 교육이 아이들의 어린 시절에 커다란 영향을 준 것도 분명하다. 모드 우즈는 교육의 가치를 소중히 했고, 아이들이 좋은 성적을 얻도록 힘껏 도왔다.

얼이 몇몇 과목에서 부진한 성적을 받고, 그 일로 그녀가 선생님을 면담하러 간 적이 있었다. 얼의 어머니는 선생님에게 아들의 낮은 성적에 대해 항의하기보다 오히려 얼에게 더 많은 숙제를 내 달라고 부탁했다. 이 일화에서 보듯이 모드 우즈는 언제나 아이들에게 자긍심과 책임감을 강조했다.

모드 우즈는 교육에서 올바르고 바른 말을 쓰는 걸 중요하게 여겼다. 그녀는 아이들이 잘못된 문법을 사용하면 즉시 바로잡아 주었다. 일례로, 얼이 어렸을 때 헤비급 복싱 챔피언인 조 루이스를 무척 존경했는데, 우연히도 조 루이스는 우즈의 이웃인 프레드 해리슨의 절친한 친구였다. 루이스는 릴리 부대에서 군복무 중이었고, 자주 프레드 해리슨의 집에 방문하곤 했다. 어느 날, 얼은 조 루이스를 직접 만나러 갔다. 하지만 함께 조 루이스를 만났던 어머니의 한마디를 얼은 아직도 잊지 못한다.

"넌 조 루이스 씨처럼 말하지 말거라! 나는 네가 교육받길 원하고, 바르고 정확하게 말하길 바란다."

얼의 아버지는 침례교 신자였고, 어머니는 감리교 신자였다. 어린 시절 얼은 모든 종교적인 행사에 활발히 참여했다. 하지만 그의 부모는 어느 한 종파를 믿으라고 얼에게 강요한 적이 없었다. 그러므로 그에게 종교가 교육적으로 큰 역할을 한 것은 분명하지만, 어떤 종교의 영향을 더 받았는지는 정확히 알 수 없다.

얼의 부모는 비교적 짧은 시기였지만, 얼에게 상당한 영향을 끼쳤다. 얼이 아직 어렸을 때 그의 부모는 일찍 세상을 떠났고, 큰 누나인 해티가 얼을 키웠다. 얼이 11살이었을 때 그의 아버지는 뇌졸중으로 돌아가셨다. 그 무렵 집안에서 가장 나이가 많은 남자였던 얼의 형 마일즈는 공군에 입대하면서 집을 떠나 있었다.

얼에게는 이 시기가 소년에서 남자로 성장하는 중대한 전환점이었다. 그는 어머니가 아버지를 잃고 슬픔에 잠겨 있다가 2년 후에 돌아가시는 걸 지켜봐야만 했다. 어머니의 장례식에 모인 먼 친척들은 남매의 거취 문제를 놓고 수군거리기 바빴다. 당시 29살이었던 누나 해티가 친척들에게 "우리는 절대 떨어지지 않을 거예요. 계속 이 집에서 같이 살 테니까요. 제가 동생 모두를 돌볼 거예요"라고 말했다. 얼은 그때의 이 기억을 자랑스럽게 생각했다.

비록 얼의 가정환경은 순탄하지 않았지만, 그는 고등학교를 거치면서 남들과 똑같은 교육을 받았다. 집안일은 대체로 성별에 따라 나누어 맡았다. 그때 형성된 남성과 여성의 역할에 대한 개념이 얼의 남은 생애에까지 영향을 주었다. 얼은 자서전에서 "우리 집에는 열 대의 진공청소기가 있습니다. 그러나 저는 그것들을 사용한 적이 한 번도 없습니다"라고 언급할 정도였다.

얼은 청소년기에 지역 야구팀의 선수로 활동했다. 가족들은 그의 경기를 보기 위해 미국의 모든 주를 여행했다. 당시 포수였던 얼은 관람석과 가까운 곳에서 경기했는데, 그곳의 편협한 사람들로부터 인종차별적인 욕설을 자주 들어야만 했다. 뿐만 아니라 그의 가족들도 이런 모욕을 참고 견뎌야 했다.

특히 고등학교에서 벌어졌던 한 사건은 전쟁 후 캔자스의 인종차별적 환경을 잘 보여 준다. 그곳에서 얼은 졸업 파티 왕을 뽑는 콘테스트 결승에 진출할 수 있었다. 그러나 얼의 증언에 따르면, 학교 관계자들은 왕으로 뽑힌 흑인이 백인 여왕과 키스하는 것을 미연에 막으려고 결과를 조작했다고 한다.

고등학교를 졸업한 얼은 자신이 가야 할 인생의 방향에 대해 고민하기 시작했다. 그때 인근에 있는 캔자스 주립대학교에서 얼에게 대학교 야구 장학금을 제안해 왔다. 얼의 어머니는 생전에 얼이 대학교를 졸업하기를 희망했다. 그런 어머니의 뜻에 따라 얼은 대학교에 입학했고, 날마다 자전거를 타고 등교했다. 얼은 대부분의 시간을 야구 연습하는 데 투자했지만, 학업도 계속하기 위해서 열심히 공부했다. 그가 신입생이었을 때, 흑인들의 야구 리그인 캔자스시티 모나크스에서 야구 선수 계약이 들어왔다. 얼이 캔자스시티 모나크스에서 야구 선수로 활약하는 것은 아버지 마일즈의 소원이기도 했다.

당시 얼은 대학 야구와 학업을 병행하는 데 지쳐 있었기 때문에, 캔자스시티 모나크스에서 선수 활동을 하게 되면 대학교 졸업이 불가능한 상태였다. 얼은 결정을 내려야만 했다. 그때 하늘에 계신 어머니로부터 단호한 목소리를 듣게 되었고, 얼은 학교 졸업을 위해 프로야구 계약을 거절하기로 했다.

얼은 캔자스 주립대학교에서 야구 선수로 활동하면서 심리학을 전공했다. 그는 실력 있는 야구 선수였으며, 캔자스 주립대학교 내 흑인 야구 선수로서 몇 가지 기록을 세웠다. 캔자스 주립대학교 최초의 흑인 야구 선수였을 뿐만 아니라 빅세븐경기연맹미국 중서부에 있는 대학들의 체육 단체에 출전한 유일한 흑인 선수였다. 이처럼 그의 인생에서 야구와 대학은 중요한 부분을 차지했다. 그러나 얼의 인생에 그것보다 더 큰 영향을 주었던 중요한 결정이 남아 있었다.

얼의 누나인 해티는 2차 세계 대전 참전용사인 제시 스피어맨과 결혼했다. 그는 장교로 복무하면서 받은 모든 월급을 학비로 충당하기 위해 집으로 보냈다. 그러나 그가 전쟁에서 돌아왔을 때, 자신이 보냈던 돈을 가족들이 모두 써 버렸다는 사실을 알게 되었다. 그 후 캔자스 주립대학교 의예과 학생이었던 제시는 어떻게든 대학을 졸업하기 위해 돈을 벌었고, 훗날 산부인과 의사가 되었다.

그 당시 미국 사회에 만연했던 인종차별 속에서 이룬 그의 성공은 헌신적인 노력에 의한 결과였다. 이런 제시의 모습은 대학생이던 얼에게 깊은 인상을 남겼고, 얼의 인생에서 중요한 남성상으로 작용했다. 제시는 얼이 캔자스 주립대학교에서 학생군사교육단Reserve Officers Training Corps, ROTC으로 활동하는 데 확신을 주기도 했다. 얼은 학생군사교육단 등록 기간을 놓쳤었지만, 등록 담당자는 그가 야구팀의 유일한 흑인 선수라는 사실을 알고 예외적으로 등록을 받아 주기도 했다.

얼 우즈의 군대 생활

얼은 캔자스 주립대학교를 졸업하고 세미프로어떤 일에 대하여 직업적으로 활동을 하지는 않으나 전문 지식을 가지고 있는 사람—옮긴이 야구 선수로 활동하면서 군대에서의 발령을 기다렸다. 그는 첫 발령지를 독일로 받아 미국을 떠났다. 그러나 독일에서의 군대 생활은 인종차별적인 발언을 서슴지 않는 상관 때문에 마찰을 겪었다. 대놓고 얼을 무시하는 상관의 질문에 대답하고 폭언을 들어야만 했다.

"자넨 그저 똑똑한 검둥이들 중 하나일 뿐이야. 우리 군대에 자네 같은 사람을 위한 자리는 없네. 난 어떻게 해서든 자네가 더 이상 이곳에 머무르지 못하도록 할 작정이야."

미국에서 장교가 되는 방법은 정식 육군사관학교를 졸업하는 것과 학생군사교육단이나 장교후보학교, 직접 사령을 통해 임관되어 예비역 장교가 되는 것 등이 있다. 웨스트포인트 미국 육군사관학교의 통칭 출신 장교들은 사관학교 출신이 아닌 장교들을 무시하는 경향이 있었다. 1948년에 해리 트루먼 대통령이 공식적으로 군대에서의 차별을 금지시켰지만, 통합된 부대의 장교들은 차별 금지 정책을 받아들이지 않았다.

얼은 흑인이라는 이유만으로 승급할 기회가 많은 요직에 배치되지 못했다. 보통 부대 사령관으로 보병 부대에서 일해야만 승급할 수 있었지만, 얼은 초기에 주로 행정직에서 복무했다. 중령은 중대의 지휘관으로 임명되거나 그 외의 계급에 임명되는 게 일반적이었다.

베트남전은 얼 우즈의 인생에서 중요한 부분을 차지한다. 얼의 인생뿐만 아니라 타이거 우즈의 탄생과 성장에도 커다란 영향을 끼쳤기 때문이다. 사실 얼은 자신이 베트남에서 복무했던 기간을 정확하게 기억하지 못한다. 군 기록에 따르면 그는 베트남에서 1962년 2월 12일부터 1963년 2월 24일까지 복무했고, 두 번째로 1970년 8월 15일에서 1971년 8월 13일까지 복무했다고 나온다.

베트남에서 맡은 그의 첫 지위는 보병 장교였다. 신빙성 있는 정보에 의하면 그는 관리직으로 복무했던 것으로 보인다. 베트남에서 첫 복무 이후 얼은 미국으로 돌아왔다. 그리고 그는 35살의 늦은 나이로 특수 부대에 지원하는 이례적인 결정을 내렸다.

존 F. 케네디 대통령은 1961년부터 모든 특수 부대 장교들의 모자를 그린베레 Green Beret로 정식 허가했다. 그 후 이 육군 엘리트 부대는 미국 군대에서 높은 수준의 용기와 뛰어난 업적을 상징하는 곳이 되었다. 특수 부대 훈련의 지원 자격은 매우 엄격했다. 따라서 35살의 장교가 이 지원 자격 기준을 충족시킬 가능성은 희박했지만, 얼 우즈는 오직 특수 부대만이 자신의 임무 완수 능력을 시험해 볼 수 있는 곳이라고 판단했다. 전직 운동선수였던 얼에게 체력 훈련은 아무 문제가 되지 않았다. 그는 먼저 조지아 주에 있는 포트 베닝에서 공수낙하 훈련을 완수했다. 얼은 낙하 훈련소에 있으면서 상급 장교로서 다른 군인들에게 모범을 보여 달라는 요청을 받았다. 특히 존 웨인이 감독한 영화 '그린

베레'가 제작되는 동안, 얼은 낙하 훈련 이후 잠시 동안 포트브랙에서 보도 장교로 임명되었다.

얼이 알래스카 생존훈련소에서 장교로 있을 때의 이야기이다. 당시 지원자들은 엄청난 추위 속에서 툰드라 지대 약 30킬로미터를 가로질러 행군하는 훈련을 받고 있었다. 한 병사가 다른 병사들을 따라가지 못하고 얼에게 도움을 요청했다. 얼은 병사에게 두 가지 선택권이 있다고 말해 주었다. 첫 번째는 부대 대원들에게 뒤처지지 않고 계속 따라가는 것이고, 나머지 방법은 눈 속에서 얼어붙은 채로 발견되는 것이다. 여건상 트럭이 그 병사를 구출하러 갈 수 없는 상황이었기 때문이었다. 결국 병사는 얼의 이야기를 듣고 부대 대원들을 따라잡고야 말았다.

베트남에서의 특별한 인연

특수 부대 훈련을 마친 얼 우즈는 베트남에서 두 번째 복무를 시작했다. 두 번째 복무에서는 사이공의 사무실 책상에 앉아 있지만은 않았다. 그는 12명의 병사로 구성된 특수 부대를 통솔해야 하는 특수 부대 사령관을 맡았다.

얼은 베트남에서 죽을 고비를 여러 번 넘겼다. 그런 그의 용감

한 업무 능력 때문에 베트남에서 은성 훈장까지 받았다. 하지만 베트남에서 무엇보다도 중요한 일은 빈투안성 부사령관인 부옹 당 퐁 중령을 만나 친구가 되었다는 것이다. 그는 얼의 고문으로 배정되었다. 그들의 임무는 공산주의 이념을 거부하고 민주주의를 지지하는 베트남 사람들을 찾아 새롭게 형성된 마을을 방문하는 것이었다.

베트남전에 참전했던 다른 미군들과 마찬가지로 얼도 그 일에 두려움을 느꼈다. 마을에서 누가 미국인들과 미국인들을 돕는 베트남인들에게 적개심을 품고 있는지 알 수가 없었기 때문이었다. 8살이나 9살 정도의 어린아이들이 적지에 탄약을 설치하는 훈련을 받고 있었다. 뿐만 아니라 미군들을 마약 중독에 빠뜨리려고 강도 높은 헤로인을 싼 가격인 50센트에 팔고 있는 어린 소년들도 자주 발견할 수 있었다. 또한 북베트남 군대와 남베트남 민족 해방 전선의 공산 게릴라 부대의 반란은 완전히 새로운 양상을 띠고 있었다.

얼 우즈는 극심한 압박감을 느끼는 상황 속에서 호리호리한 체격의 키 167센티미터 남베트남인인 중령과 강한 유대감을 키웠다. 얼은 퐁 중령의 지혜와 육군 장교로서 완벽하고 전문적인 능력에 대해 존경심을 품고 있었으며, 자신의 목숨을 구해 주었던 몇 번의 사건들로 그를 깊이 신뢰하고 있었다. 생사를 함께한 베트남에서의 사건들은 퐁 중령과 얼 우즈의 관계를 더욱 돈독하게 만들었다. 또한 두 남자의 관계는 타이거 우즈에게도 많은 영향을 주었다.

얼은 자서전에서 임무 수행 중에 일어났던 사건에 대해 자세히 이야기했다. 당시의 임무는 남베트남 부대의 역량을 뛰어넘는 일이었기 때문에 얼은 지원을 요청할 수밖에 없었다. 그는 퐁 중령에게 남베트남 부대를 지원할 헬리콥터를 불러 달라고 요청했다.

헬리콥터가 출동하자 시끄러운 엔진 소리와 함께 사방으로 먼지가 자욱하게 일었다. 발포를 준비하느라 정신없이 바쁘던 얼은, 논둑길 옆 도랑에서 자신에게 큰 소리로 외치고 있는 퐁 중령을 뒤늦게 발견했다. 하지만 얼은 이내 자신의 임무에 집중했다. 그때 그는 자신의 오른쪽에 있는 흙더미가 갑자기 사라져 버렸다는 것을 알아차렸다. 그리고 자신의 왼쪽에 있던 흙더미도 갑자기 사라졌다. 그 모습을 보고 퐁은 계속 얼에게 큰 소리로 외쳤지만, 얼은 그의 말을 알아들을 수가 없어 묵묵히 헬리콥터를 지휘했다. 헬리콥터로 모든 임무를 마치고 나서야 얼은 도랑에서 퐁과 만날 수 있었다. 퐁에게 소리쳤던 이유를 묻자 그는 이렇게 대답했다.

"당신은 제가 이제까지 만나 본 사람 중에서 가장 멋진 지휘관입니다. 아까 저격수가 당신을 겨냥하고 있었습니다. 첫 번째 총알이 당신의 오른쪽으로 빗나갔고, 두 번째 총알은 당신의 왼쪽으로 빗나갔습니다. 그리고 전 세 번째 총알이 당신의 심장을 관통할 거라고 예상했습니다. 그게 바로 제가 당신에게 말하려고 했던 것입니다."

잠시 후 휴식이 간절히 필요했던 얼은 조용한 대나무 숲을 발견했다. 그곳에서 깜빡 잠이 들었던 얼은 퐁이 깨워서 일어났다. 퐁은 잠에서 깬 얼에게 가만히 있으라고 외쳤다. 얼의 바로 옆으로 세계에서 가장 강한 독을 가진 뱀인 대나무독사 한 마리가 지나가고 있었기 때문이었다. 얼은 퐁의 말대로 꼼짝 않고 숨을 죽였고, 대나무독사는 숲 속으로 천천히 사라졌다.

전장에서 퐁은 강한 덕망을 바탕으로 자신의 부대와 임무에 한없이 헌신했다. 얼은 퐁 중령에게 베트남 정글의 가장 용맹스러운 동물인 '타이거'라는 별명을 붙여 주었다. 이런 경험들을 바탕으로, 전혀 다른 환경 속에서 자란 이 두 남자는 직업적인 존경을 넘어선 끈끈한 유대관계를 만들어 나갈 수 있었다.

휴식 시간에 얼은 퐁에게 재즈 음악과 칠리, 그리고 테니스에 대해 설명해 주었다. 대신 퐁은 얼에게 동양 철학과 종교의 기본적인 정신을 가르쳐 주었다. 얼이 소속된 보병 부대의 상징색인 파란색으로 칠해져서 '파란 방'이라고 불리는 얼의 숙소에서 두 사람은 함께 술을 마시면서 많은 시간을 보냈다. 이때 얼은 만약 자신이 아들을 얻는다면, 퐁에 대한 존경의 표시로 아들 이름을 타이거라고 짓겠다고 맹세했다.

얼 우즈가 세계적인 프로 골퍼인 타이거 우즈의 아버지가 아니었다면, 아마도 이 두 남자의 전우애도 다른 남자들의 우정처럼 잊혔을 것이다.

1971년, 얼이 베트남을 떠난 후 퐁과의 모든 연락이 끊어졌다. 그는 사이공이 함락된 1975년 이후에 퐁에게 무슨 일이 생겼는지 알아보기 위해서 뉴욕의 실종자를 찾는 서비스를 통해 수년간 노력했다. 뿐만 아니라 몇몇 탐정 사무소를 찾아가 서비스를 받기도 했지만 그의 노력은 허사로 돌아갔다.

한참이 지나 타이거가 세계적으로 유명한 스포츠 스타가 되자 퐁의 소식을 찾는 데 진전이 있었다. 얼 우즈와 퐁 중령의 사연이 세상에 알려진 후, 퐁에게 그동안 무슨 일이 일어났는지 확인하기 위해 베트남으로 떠났던《골프 다이제스트》잡지 기자인 톰 칼라한 덕분이었다.

얼의 과거 기억들이 대부분 흐릿했기 때문에 칼라한은 얼의 말을 전적으로 신뢰하지 못했다. 특히 베트남전 참전에 관한 얼의 기억에는 더욱 회의적이었다. 칼라한은 1996년에 잡지 기사를 위해 자료를 찾기 시작했다. 그는 세계적인 골퍼 닉 팔도가 설계한 베트남의 골프장을 취재한다는 목적으로 가장하고, 예전에 사이공으로 불렸던 호찌민 시를 방문하는 비자를 신청했다.

칼라한은 지역 관료들의 간섭을 받지 않고 자유롭게 취재하려면 외교통상부를 피해 가라는 조언을 새겨듣고, 베트남 운전사 탄과 그의 누이 투이를 고용했다. 그들은 빈 응이엠 사원부터 조사하자고 제안했다. 칼라한은 퐁과 관련된 어떤 정확한 소식도 듣지 못했지만, 대신 다양한 정보들을 모을 수 있었다. 더욱이 이 여행에서 가장 값진 정보를 가지고 돌아왔다.

칼라한이 북베트남 출신 경영자인 플라워와 골프를 치고 있을 때였다. 그녀는 칼라한에게 베트남계 미국인 신문에 얼의 친구를 찾는 광고를 내 보라고 제안했다. 더불어 칼라한이 호찌민 당국에 제대로 보고를 하지 않은 일로 하노이 정부로부터 견책을 받고 있기 때문에, 정부에서는 칼라한을 돕지 않을 것이 분명하다고도 말해 주었다.

미국으로 돌아온 칼라한은 그녀의 조언대로 베트남계 미국인 신문에 광고를 냈다. 얼마 후, 퐁 중령과 얼 우즈에 대해 잘 안다는 남자의 전화를 받았다. 그 전화 통화를 통해 얼이 그동안 퐁 중령의 성을 잘못 알고 있었다는 걸 알게 되었다. 그의 성은 응우옌이 아닌 부옹이었다. 응우옌이라는 이름은 미국의 밥만큼이나 베트남에서 흔한 이름이었기 때문에 얼이 착각할 만도 했다. 칼라한은 골프 친구 플라워를 통해 소위 '타이거 윈'이라고 알려진 부옹 당 퐁의 가족들과 연락하는 데 성공했다.

이로써 타이거 윈에 관한 얼의 이야기는 사실인 것으로 드러났다. 퐁 중령은 1975년 5월 15일 공산주의에 항복했고, 빈 푸의 재교육장으로 보내졌다. 그곳으로 보내진 퐁 중령은 첫해에는 집으로 안부 편지를 보내기도 했다. 하지만 그 후로 편지는 끊겼고, 남은 가족들은 더 이상 아무런 소식도 듣지 못했다. 그로부터 10년 후 베트남 정부는 1976년 9월 9일 재교육장에서 그가 사망했다는 사실을 가족에게 알렸다.

얼은 퐁의 미망인인 라이티 비치 반의 소식을 알게 되었다. 그녀는 1994년부터 워싱턴 주 타코마에 살고 있었으며, 타이거 우즈가 누구인지 전혀 알지도 못했다. 톰 칼라한은 《골프 다이제스트》의 도움을 받아 캘리포니아 사이프러스에 있는 얼의 집에서 두 집안이 만나도록 주선했다. 많은 눈물을 함께 흘렸고, 퐁 중령의 삶을 추모하는 감동적인 만남을 가졌다. 퐁의 아내와 그의 두 아이들이 얼과 쿨티다, 그리고 그들을 보기 위해 플로리다에서 날아온 타이거를 만났다.

이 두 육군 장교 사이의 전우애가 그들 가족에게 많은 영향을 끼친 것은 틀림없다. 뿐만 아니라 모든 스포츠를 통틀어 가장 위대한 애칭을 낳았다. 그리고 이들의 감동적인 이야기는 미국이 베트남에서 철수하고 난 후 목숨을 잃은 수천만 명의 남베트남 시민들에 대해 미국인들이 많은 관심을 갖는 계기가 되었다.

얼의 첫 번째 결혼 생활

20세기 미국에서 이혼은 특별한 일이 아니었다. 따라서 얼 우즈가 결혼을 두 차례나 했다는 사실도 별로 놀라운 일이 아니다. 하지만 타이거 우즈가 태어날 수 있었던 배경에 대해서 제대로 알기 위해서는, 얼이 어떻게 대학에 가자마자 결혼을 하여 세 아이의 아버지가 되고, 이혼하고, 아주 다른 문화적 배경을 가진 여자와 재혼하고, 44살의 나이에 타이거의 아버지가 될 수 있었는지 알아보는 것이 필요하다.

생애의 다른 중요한 사건들도 제대로 기억하지 못하듯이 얼은 자신의 결혼식 날짜 역시 정확하게 기억하지 못했다. 얼은 자서전에서 전 부인 바바라 하트와 1954년에 결혼했던 자신의 선택을 후회한다고 밝혔다. 그들 사이에는 두 아들 얼과 케빈, 딸 로이스까지 모두 세 아이들이 있었다. 그들의 정확한 이혼 날짜는 자료마다 각기 다르지만, 1966년이라는 사실은 분명하다. 얼은 그들의 결혼이 이혼에 이르게 됐던 여러 가지 요인들 중 대부분이 자신의 잘못이었다고 공개적으로 인정했다.

그는 독일에서 장교로 일하는 것에 부담감을 느꼈고, 아내와 함께 독일로 가는 것은 그 부담감을 더욱 악화시켰다고 언급했다. 군대에서 하급 장교의 가족을 위한 숙소는 지원해 주지 않았다. 그래서 그들은 넉넉지 않은 부관의 월급으로 집세를 내야만 했다. 빠듯한 생활 속에서 겪어야 했던 당시 독일의 인종차별적인 상황은 스트레스를 더했다. 독일에서는 흑인 남성과 흑인 여성을 볼 기회가 별로 없었다. 어떤 백인 병사들은 흑인에 관해 이상한 소문을 내기도 했고, 독일 사회는 이 젊은 흑인 부부에게 호기심 어린 시선을 자주 던지곤 했다.

독일 생활을 청산한 후 미국으로 돌아왔지만, 상황은 좀처럼 나아지지 않았다. 얼은 여전히 가정에 소홀했다. 그 역시 자신이 첫 번째 결혼 생활에서 자녀들에게 관심을 많이 쏟지 않았음을 인정했다. 그는 첫 번째 결혼에서 자신이 저지른 이러한 실수를 타이거 우즈에게 대신 보답하려고 노력했다. 이혼 후에도 얼은 수년간 첫 번째 가족들과 연락을 유지하려고 노력했고, 종종 아이들과 함께 지내기도 했다. 이처럼 얼 우즈가 아이들을 돌보는 데 계기가 된 일화가 있다.

그의 아들 케빈은 선천적인 왼손잡이 야구 타자였다. 그런데 얼이 해외 임무를 마치고 돌아왔을 때 케빈이 오른손으로 공을 치고 있었다. 케빈은 이유를 묻는 아버지에게 모든 사람들이 오른손으로 공을 치는 것 같아서 자신도 오른손으로 바꿨다고 말했다. 얼은 그 말을 듣자 자신의 행동이 후회되기 시작했다. 자신이 아이들에게 좀 더 관심을 갖고 신경을 썼더라면 어린 아들이 필요 없는 일에 힘을 쏟지 않았을 거라는 생각이 들었기 때문이다.

1996년, 얼은 첫 번째 부인으로부터 군대 퇴직금의 절반을 소급하여 지급하라는 고소장을 받았다. 하지만 그 소송은 그녀가 재혼한 사실이 밝혀져 기각되었다. 얼은 그 사건을 첫 번째 결혼의 마지막 장이라고 언급했다.

타이거 우즈의 어머니, 쿨티다 우즈

얼의 이혼 날짜를 정확히 알 수 없는 것과 마찬가지로 그가 쿨티다 푼사와드와 처음 만난 날짜도 정확히 알 수 없다.

얼 우즈는 두 번째 베트남 군 복무 사이인 1963년과 1970년 동안 태국 방콕에 배치되었다. 그는 특별 관리로서 4천 명의 민간인 근로자를 관리하는 인사부에서 일하고 있었다.

당시 얼은 자신의 명령에 잘 따르는 부하인 백인 하급 장교와 함께 다니면서, 귀엽고 매력적인 태국 접수원 쿨티다와 처음 만났다. 그 후 얼이 쿨티다를 다시 만나러 왔을 때, 그녀는 백인을 상급 장교로 착각한 사실을 알게 되었다. 우즈가 장교 출신임을 알게 된 쿨티다는 9시에 만나기로 데이트 약속을 잡았다.

얼은 약속 장소에서 그녀를 기다렸다. 하지만 쿨티다는 늦은 시간까지 나타나지 않았고, 그녀의 집으로 직접 찾아가는 것은 예의에 어긋난다고 생각했던 얼은 그냥 집으로 돌아갔다. 다음 날 아침 9시에 얼은 쿨티다로부터 연락을 받았다. 태국에서는 여자 혼자 밤늦게 외출하지 않기 때문에, 약속 시간으로 정한 9시는 밤 9시가 아닌 오전 9시였다고 말해 주었다. 그들은 결국 낮에 만나서 태국의 한 사원을 방문했다.

쿨티다는 베트남에서 경제적으로 부유한 집안에서 태어났다. 그녀의 아버지는 주석 광을 소유하고 있었고, 가족들과 함께 방콕의 버스 회사도 운영했다. 쿨티다는 5살 때부터 부모님과 떨어져 기숙사 학교에서 교육을 받았다. 얼 우즈와 마찬가지로 그녀 역시 태국인과 중국인, 백인의 피가 섞인 혼혈이었다.

불교식 풍습을 가지고 있는 태국의 부모들은 딸이 미국 군인들과 가깝게 지내는 걸 좋아하지 않았다. 흑인 군인일 경우 특히 심했다. 당연히 얼과 쿨티다의 교제는 처음부터 장벽에 부딪쳤다. 보수적인 쿨티다의 가족은 그녀와 얼의 교제를 반대했지만, 그녀는 가족들과는 다르게 개방적인 사고를 갖고 있었으며 자신의 삶에 있어서 진취적이었다. 그녀의 이런 성격은 어머니로서 타이거 우즈를 키울 때 더욱 분명하게 드러났다.

결국 쿨티다는 가족의 반대를 무릅쓰고 얼과 함께 미국으로 건너갔다. 그녀는 1997년도 태국 컨트리클럽에서 열린 아시안 혼다 클래식 대회에서 아들 타이거가 우승하는 것을 보기 위해 태국을 다시 방문했다. 그곳에서 쿨티다는 결혼을 반대했던 가족이 보란 듯이 왕족처럼 대단한 환영을 받았다.

쿨티다 우즈는 타이거 팀에서 가장 드러나지 않은 사람이었다. 조용한 그녀는 아들 타이거에게 정신적 안정과 성실함을 갖도록 해 주었다. 태국에는 종교 선택의 자유가 있지만, 국교는 불교였다. 불교에서는 고난, 인생무상, 무형이라는 존재의 세 가지 관념을 중요하게 강조한다. 타이거 우즈의 골프 재능에서 불교 철학의 영향을 굳이 찾지 않더라도, 쿨티다의 종교적인 내력이 타이거에게 영향을 미친 것은 분명하다. 불교 철학의 복표는 모든 욕망을 극복하는 것, 그리고 욕망의 극복을 통해 부활이나 윤회 등 순환을 끝내는 무의 경지에 도달하는 것이다. 이러한 자기수양과 자유로운 심신, 평온의 강조는 타이거 우즈의 정신에 스며들었다.

타이거 우즈가 9살 때 쿨티다는 아들을 태국으로 데려가 자신의 모국과 자신이 태어나 자란 곳의 문화에 대해 가르쳤다. 그리고 그녀는 타이거 우즈와 함께 스님을 찾아가 타이거 우즈의 사주를 물어보았다. 스님은 골프나 타이거의 위업에 대해서 알지 못했지만, 타이거 우즈가 지도자의 운명을 타고난 특별한 아이라고 말해 주었다. 또한 만약 타이거가 군대에 입대한다면, 사성 장군이 될 수도 있다고 예언했다.

가장 믿을 만한 소식통에 의하면 얼과 쿨티다는 1969년에 결혼을 했다. 정확한 결혼 날짜는 알 수 없지만, 그들은 1973년까지 얼이 홍보관으로 복무했던 뉴욕에서 살고 있었다. 이 무렵 얼은 점점 골프에 빠져들었다.

어느 날 얼은 함께 근무하던 동료에게 골프 시합 제의를 받았다. 동료는 수준급의 골프 실력을 갖추고 있었다. 그는 동료의 제의에 응했고, 그에게 완패를 당했다. 얼은 결과를 부정하기보다 담담히 받아들였다. 그 시합 이후 얼은 완벽한 골프 스윙을 만들기 위해 연습에 열중했고, 대부분의 휴식 시간을 골프 연습에 바쳤다. 얼은 동료가 군 복무를 마치고 떠나기 전에 다시 시합을 하기로 약속을 잡았다. 동료와의 재대결 결과, 얼은 자신의 최고 기록 84타로 동료를 이길 수 있었다. 그의 승리는 타고난 역량이라기보다는 승리를 향한 불굴의 의지 덕분이었다. 얼 우즈의 이런 모습은 아들 타이거에게 그대로 전해졌다.

1974년, 군대를 제대한 얼은 쿨티다와 함께 캘리포니아로 이사했다. 거리상으로 얼은 자신의 세 아이들과 가까워졌지만, 타이거가 태어나면서부터 모든 에너지를 타이거에게만 쏟아부었다. 훗날 얼은 타이거를 위해 헌신했던 일들이 결혼 생활을 유지하는 데 도움을 주었다고 인정했다. 그들은 결혼 생활을 하는 동안 각자의 집에서 따로 생활했지만, 타이거와 관련된 일에 있어서는 예외였다. 쿨티다는 얼과의 관계에 대해서 공개적으로 언급한 적은 없지만, 얼은 자서전에서 쿨티다와의 결혼 생활에 대해 짧게 언급한 적이 있다.

"오늘날, 우리는 서로의 가장 친한 친구이다. 원만한 사이로 아주 잘 지내고 있다. 그녀는 그녀의 집이 있고 나는 내 집을 가지고 있지만, 아직까지도 타이거의 성장과 발전을 위해 우리는 함께 아들을 지원하고 있다."

두 사람 모두 타이거가 골프에서 천부적인 재능을 빛낼 수 있도록 많은 희생을 감수했다. 또한 얼과 쿨티다는 타이거 우즈 성장에 맞추어 각자 맡은 역할을 충실히 했다. 얼은 타이거에게 골프에 필요한 신체적 기술과 정신력을 길러 주었으며, 쿨티다는 타이거에게 자기수양과 강한 근면함을 가르쳐 주었다.

"전 경쟁을 좋아합니다.
심지어 그 경쟁에 따르는 정신적 압박까지 좋아합니다.
만약 당신이 그것을 즐기지 못한다면
당신은 골프에는 적합하지 않은 사람입니다."

타이거 우즈

TIGER WOODS
제3장

골프 천재의 시작

　미국 최초의 스포츠 신동은 타이거 우즈가 아니었다. 타이거 우즈를 더욱 특별하게 만들었던 것은 백인 이외는 별로 접할 기회가 없었던 골프 경기에서 유색인종인 타이거가 대등하게 경쟁하고 있기 때문이었다.

　미국에서 가장 늦게 유색인종 선수를 받아들인 스포츠는 골프였다. 골프와 함께 특권층의 전유물로 대표되는 테니스 역시 1960년대부터 흑인 스타들을 탄생시켰다. 테니스는 골프에 비해 상대적으로 경기장에 접근하는 것이 수월했다. 뿐만 아니라 1968년에 불기 시작한 테니스의 국제적인 인기가 아마추어와 프로 간의 경계를 모호하게 만들었다. 다음 장에서 자세히 다루게 되겠지만, 당시 흑인 골프 선수들은 PGA 투어 참가가 불가능했다. 그 결과 유색인종들은 프로 골퍼가 되겠다는 꿈을 꿀 수 없었다.

청소년 중심의 스포츠 환경

야구나 농구, 미식축구는 어린 선수들을 키우는 데 앞서 나갔다. 그 결과 수많은 아이들이 야구나 농구, 미식축구를 할 수 있었다. 어린아이들에게 기본적인 스포츠 기술을 가르쳤으며, 더 나아가 각 지역에서 그리고 국가적인 규모 시합에서 경쟁을 위한 기회를 주는 마이너리그 시스템을 발전시켰다. 이처럼 프로 리그에 진출하는 유색인종 선수들이 증가하면서 더 많은 다양한 인종의 어린 선수들은 스포츠 선수로의 꿈을 꿀 수 있게 되었다.

타이거 우즈는 7살 때부터 남부 캘리포니아의 주니어 골프 프로그램에 참가하기 시작했다. 당시에는 투어라고 부를 정도의 규모가 크고 체계적으로 잘 조직화된 골프 대회들이 많이 있었다. 그가 참가했던 투어는 각 대회마다 어린 선수들 100명 이상이 경기하는 30개의 대회로 구성되어 있었다.

주니어 골프는 1980년대 중반부터 전 세계의 재능 있는 어린 선수들을 잘 조직된 대회에 참가시키면서 저변이 확대되었다. 미국주니어골프협회 American Junior Golf Association, AJGA는 많은 수의 주니어 골프 대회를 체계적으로 관리했다.

다양한 국내 주니어 골프 대회가 있었지만, 타이거 우즈는 매년 여름 미국골프협회 United States Golf Association, USGA에서 개최하는 US 주니어 챔피언십을 준비했다. 1894년에 설립된 미국골프협회는 오랜 역사와 전통을 지닌 단체로, 영국왕립골프협회 Royal&Ancient Golf Club와 공동으로 골프 규칙을 제정했다. 또한 미국 내에서 수많은 골프 대회를 주최했다. 미국골프협회 주최 대회는 일류 골프 선수들이 모여들기 때문에 골프계에서 가장 권위 있는 대회로 여겨진다.

미국골프협회가 주최하는 US 아마추어 챔피언십과 US 오픈은 1895년에 처음 개최되었다. 전 세계의 골프 선수들은 이 대회의 참가 자격을 얻기 위해 노력했다. 타이거의 목표는 주니어 골프 활동을 마치기 전에 US 주니어 챔피언십에서 세 차례 우승하는 유일한 남자 골프 선수가 되는 것이었다. 그런 바람대로 타이거는 18번 홀과 19번 홀에서 극적인 역전으로 우승을 차지했다. 하지만 주니어 골프에서 성공한 선수들이 언제나 프로골프에서도 통하는 건 아니었다. 타이거 우즈 이전에 US 주니어 챔피언십에서 우승했던 6명의 선수들이 있다. 그들 중에서 게리 코치, 잭 레너, 윌리 우드, 오직 이 세 선수들만이 PGA 투어에서 우승할 수 있었다.

오늘날 청소년이 주도하는 스포츠 환경 변화는 교육의 변화와 맥락을 같이한다. 아이들은 단지 놀이를 위해 도구를 들어 올렸을 뿐이지만, 부모들은 아이들에게 끊임없는 선택권을 주며 재능을 발전시켜야 한다고 생각한다. 아이들은 나무에 올라가거나 뛰어노는 등 자신만의 놀이를 만들기보다는 점점 더 집에만 틀어박혀 텔레비전을 보거나 비디오 게임만 하게 된다. 따라서 아이들이 신체적인 활동을 할 때 더욱 전문적으로 하려는 경향이 생겼다. 즉, 훌륭한 선수보다는 훌륭한 야구 선수 같은 뚜렷한 목표를 찾게 된 것이다. 하지만 이런 새로운 스포츠 경향도 신체적인 발달뿐만 아니라 정신적 성장이 동반되어야만 가능하다.

아이들의 운동적 재능을 성장시키려는 이런 경향은 한 기업에 의해서 발달되었다. IMG는 마크 맥코맥이 설립한 스포츠스타 에이전시이다. 1960년대 초반, 변호사 맥코맥은 아놀드 파머의 법률적 일을 맡고 있었다. 이때만 해도 비즈니스 매니저가 운동

선수들을 관리하고 있었는데, 맥코맥은 아놀드 파머의 경쟁력을 한눈에 알아봤다. 그는 곧 아놀드 파머의 에이전트가 되었고, 골프로 벌어들이는 수익보다 더 많은 돈을 파머에게 안겨 주었다.

이때부터 맥코맥은 최초의 진정한 스포츠 에이전트로 널리 알려지기 시작했다. 그 후 잭 니클라우스와 게리 플레이어가 맥코맥의 고객으로 등록되었다. 결국 IMG는 운동선수의 대리인 역할 외에도 주요 스포츠 행사를 개최하고 운영하는 세계적인 비즈니스 회사로 발전했다. 더 나아가 IMG는 플로리다 주 브레이든턴에 'IMG 아카데미'를 설립했다. 초기의 아카데미는 안드레 애거시와 마리아 샤라포바의 코치였던 닉 볼리티에리의 주도 아래 오로지 테니스 교육에만 전념했다. 하지만 현재의 아카데미는 골프, 야구, 농구, 축구 같은 다른 스포츠 분야에서도 어린 선수들을 위한 과정을 제공한다. 아카데미는 중학생과 고등학생을 위한 수업도 하면서 운동 훈련도 함께 진행한다. 아카데미 입학료는 3만 달러 정도지만 학생의 어머니나 아버지 혹은 부모 모두가 브레이든턴으로 이주할 경우, 아카데미 측에서는 가족에게 31만 달러의 콘도를 판매하기도 한다.

이러한 비용 부담에도 불구하고 많은 부모들이 자녀의 대학교 장학금과 프로 선수 데뷔 가능성에 이끌리게 된다. 오늘날 모든 스포츠 분야에서 수백만 달러가 넘는 막대한 수익이 발생하고 있다. 이처럼 스포츠에서도 많은 수익이 창출될 수 있도록 길을 열어 준 것은 골프였다. 다른 메이저 스포츠에 비해 골프는 상대적으로 적은 수의 관중을 끌어모은다. 그러나 골프 관중 대부분은 수준 높은 교육을 받은 부유층이다. 또한 테니스를 제외한 미식축구 팬이나 야구팬에게 팔 수 있는 장비는 거의 없지만 골프는 거대한 골프 용품 시장을 가지고 있다.

스포츠에서 탁월한 신체적 조건을 가진 자녀를 둔 부모들은 한 가지 의문에 휩싸이기 시작한다. 자녀를 위해 경쟁심을 북돋아 주고 있는 것인지, 아니면 자신의 만족을 위해 자녀의 경쟁심을 부추기는 것인지 고민하게 된다. 그러나 타이거 우즈는 스스로 골프를 치길 원했음이 분명하다.

그동안 타이거 우즈의 골프 실력이 부모들의 의지가 개입된 타의적 노력인지 아닌지에 대해 많은 추측성 기사들이 난무했다. 당시 그런 주제로 기사를 쓴 기자들은 '타이거 우즈 신드롬' 탄생의 목격자로서, 타이거 우즈의 천재성을 모호하게 만들었다. 하지만 타이거 우즈를 곁에서 지켜봤던 사람들은 타이거가 훌륭한 주니어 선수였다는 데 동의한다. 또한 그들은 타이거의 천재성을 계속 지속시키는 것에 관심이 많다. 타이거는 어렸을 때부터 골프에서 비범한 재능을 드러냈고, 그 누구에게도 강요 당하는 것 없이 우승에 대한 경쟁심을 키워나갔다.

타이거 우즈의 초기훈련

우선 타이거 우즈가 골프를 처음 시작할 때부터 이미 평범한 아이가 아니었다는 사실을 지적해야겠다. 앞 장에서 언급했듯이 타이거는 엄마 뱃속에 있을 때부터 골프를 향해 유례없는 관심을 보였다.

타이거는 평범한 아이들과는 달랐다. 모차르트 같은 신동들과 비교될 수 있는 아이였다. 우리는 지금 200년이 넘도록 대중의 사랑을 받는 교향곡이 아닌 골프 이야기를 하고 있지만, 모차르트와 타이거 사이에는 공통점들이 많다.

모차르트나 타이거 우즈 같은 신동들은 초자연적인 특별함을 가진 것처럼 보인다. 또한 모차르트와 타이거 모두 아들의 창조적인 활동을 뒷바라지하며 헌신했던 아버지가 있었다. 어려서부터 타이거 우즈는 많은 것들을 이루어 냈다. 타이거는 타고난 재능과 부모가 만들어 준 좋은 배경을 뛰어넘을 만큼 커다란 열의를 가지고 있었다. 뿐만 아니라 골프 코스에서 보여 주었던 그의 성숙함은 주니어 골퍼의 능력 그 이상이었다.

타이거 우즈의 청소년기 골프 활동에 관한 자료들을 찾아보면, 부모의 강요 없이 스스로 골프를 즐겼다는 걸 알 수 있다. 때때로 아버지의 바람대로 아들을 설득할 때도 있었겠지만, 그 누구라도 어린아이가 치열한 경쟁 속에서 골프를 하도록 만들 수는 없었을 것이다. 얼과 쿨티다가 타이거 우즈의 성공을 위해 많은 희생을 감수하긴 했지만, 성공을 위해 타이거에게 행동을 강요한 적은 없었다.

얼과 쿨티다는 일찍부터 타이거가 비범한 골프 실력과 승부욕을 가졌다는 걸 알아차렸다. 그들은 타이거가 골프를 마음껏 즐길 수 있는 환경을 만들어 주는 데 많은 시간과 비용이 드는 것도 이해했다. 얼과 쿨티다는 하늘이 준 타이거의 골프 재능을 계발시키기 위해서 어떠한 희생도 감수할 것을 각오했다. 그들은 타이거의 주니어 커리어에 드는 비용을 마련하기 위해 매년 여름마다 주택을 담보로 대출을 받았고, 겨울 동안은 그 대출금을 갚았다. 얼은 1년 동안 주니어 골프 대회와 관련해 들어간 비용이 2만 5천 달러에서 3만 달러였다고 언급한 바 있다.

얼이 일을 할 때는 쿨티다가 타이거를 대회로 데려다 주는 일을 도맡아 했다. 쿨티다는 남부 캘리포니아 지역의 주니어 골프 대회 일정에 금세 익숙해졌다. 그녀는 주로 타이거의 경기를 먼 곳에서 따라다니며 가능한 한 눈에 띄지 않는 곳에 머무르려고 애썼다. 아들을 향한 그녀의 마음은 언제나 간절했지만, 타이거가 속한 조의 모든 소년들도 좋은 점수를 내기를 성원했다.

한번은 한 대회에서 짧은 퍼팅을 놓치고 짜증이 난 타이거가 퍼터를 공중으로 던진 일이 있었다. 미국주니어골프협회는 과격한 행동을 제재하기 위해 경기 규칙을 만들어 놓았다. 이 규칙은 주로 욕설을 퍼붓는 행동과 이성을 잃은 행동을 금하기 위해서 제정된 것으로, 사소한 행동은 해당되지 않았다. 그러나 타이거가 속해 있던 조의 두 소년이 마지막 라운드에서 타이거의 행동을 경기위원에게 일러바쳤고, 경기위원은 타이거에게 실격이라는 벌칙을 내렸다. 쿨티다는 그 소년들의 부모가 인종차별적 생각을 가지고 아이들을 조종했다고 확신했다. 하지만 그녀는 타이거가 실격에 대해 항의하지 못하도록 말렸다. 타이거에게 전한 그녀의 메시지는 다음과 같이 명확했다.

"너의 골프채가 네가 하고 싶은 말을 대신하도록 만들어라."

1988년, 얼은 방위 업체 맥도넬 더글라스에서 은퇴했다. 은퇴 후, 본격적으로 자신의 모든 시간을 타이거의 주니어 골프 활동을 돕는 데 바쳤다. 얼과 타이거는 비용을 아끼기 위해서 대회가 열리는 장소로 전날 밤에야 도착해서 숙소에 묵었다. 하루는 타이거가 아버지에게 다른 아이들처럼 조금 더 일찍 도착해서 연습 경기를 하는 방법에 대해서 물었다. 그때 얼과 쿨티다는 돈을 빌려서라도 타이거에게 경기를 위한 최고의 조건을 만들어 주기로 결심했다. 얼은 자신이 파산하더라도 타이거를 위해서라면 뭐든지 하겠다는 생각이었다.

타이거 우즈 가족의 휴일은 가족 휴가를 떠나는 다른 가족들과는 조금 달랐다. 우즈 가족은 항상 다양한 주니어 대회들을 순회했다. 크리스마스에는 마이애미에서 열리는 주니어 초청 대회로 떠나야 했다. 추수감사절에는 애리조나 주 투손에서 열리는 주니어 골프 대회에 참가해야 했고, 부활절에는 텍사스 주에서 열리는 우드랜드 골프 대회에 참가해야 했다. 모든 가족의 삶은 타이거의 골프 일정에 따라 움직였다.

일찍이 아들이 유명인사가 될 거라고 확신한 쿨티다는 콘택트렌즈를 맞추기 위해 타이거에게 시력 검사를 받자고 제안했다. 하지만 어린 타이거는 심하게 반대했다. 자신의 눈에 그 무엇도 넣지 않을 거라며 고집을 피웠다. 쿨티다는 골프장에서 안경을 쓰는 것보다 렌즈를 착용하는 것이 더 유리하다며 아들을 이해시켰다. 결국 타이거는 마음을 누그러뜨리고 렌즈를 착용하게 되었고, 또한 이 장래의 유명인사는 교정도 함께 진행했다. 그때의 교정 덕분에 오늘날 타이거의 미소는 유명해지는 데 도움을 주었다. 당시를 회상하며 얼은 "백만 달러짜리 미소를 만드는 데 4천 달러의 비용이 들었어요"라고 말했다.

정신적으로 뛰어난 아이

청소년 시절 골프를 하는 타이거에게 큰 교훈을 주었던 사건이 한 가지 있다. 당시 타이거는 마이애미에서 열린 오렌지볼 주니어 클래식에서 선두를 달리고 있었다. 그러다 실수로 짧은 퍼팅을 놓친 타이거는 폭발하고 말았다. 더 이상 그 대회에서 경쟁할 마음이 사라졌고, 나머지 매치도 포기하려고 했다. 대회가 모두 끝난 후, 얼 우즈는 골프장에 있는 모든 사람들이 들을 수 있을 만큼 큰 목소리로 어린 아들을 꾸짖었다.

그가 화를 냈던 이유는 타이거가 퍼팅을 놓쳤기 때문이 아니라 경기 자체를 포기했기 때문이었다. 경기 승패는 그 누구의 책임도 아니지만, 아무리 희망이 없는 상황이라고 할지라도 경기를 계속할 책임은 자신에게 있다는 사실을 타이거에게 일깨워

주었다. 얼 우즈는 타이거가 우상으로 여기고 성공의 목표로 삼은 잭 니클라우스를 언급하며, 훌륭한 골퍼는 만족스러운 경기가 아니었을지라도 끝까지 최선을 다한다고 충고해 주었다.

얼 우즈의 이런 충고는 어린 타이거를 바로잡아 주었고, 그의 다음 아마추어와 프로 활동 동안 계속 유지되었다. 아버지의 거센 비난이 어린 타이거에게 가혹했을 수도 있지만, 타이거는 경기 내용이 맘에 들지 않았을 때도 경기를 포기하지 않고 계속해야 한다는 사실에 동의했다.

타이거 우즈가 골프를 치는 동안, 최고의 라운드 중 하나로 꼽히는 경기는 최악의 라운드 다음에 찾아왔다. 2002년도 브리티시 오픈에서 타이거는 비바람이 몰아쳤던 토요일 라운딩에서 81타를 쳤다. 타이거의 프로 대회 라운딩 기록 중 가장 좋지 않은 성적이었다. 하지만 다음 날 라운드에서 타이거는 65타를 쳐서 이븐파의 성적으로 대회를 마무리했다.

타이거 우즈가 어린아이 때부터 얼마나 완벽에 가까운 골프 스윙으로 어른들을 어떻게 감탄시켰는지에 대한 기록은 많이 있다. 천진난만하게 웃는 얼굴로 프로골프 선수처럼 골프채를 휘두르는 꼬마는 많은 주목을 받았다. 하지만 주니어 대회에서 경쟁을 시작하게 되었을 때, 타이거와 아버지 얼 모두 타이거의 능력을 넘어서는 대회에는 출전하지 않기로 결심했다.

타이거는 12살 때 캘리포니아 요바린다에서 열린 주니어 초청 대회에 출전했다. 그는 대회의 마지막 라운드에서 선두를 달리고 있었다. 14살부터 16살까지의 아이들은 가장 거리가 먼 블루티에서 골프를 치고 있었다. 경기 위원장인 톰 사전트는 타이거에게 블루티에서 골프를 친다면 전체 챔피언십에 참가하는 자격이 주어진다고 알려 주었다. 타이거는 "나중에 그럴 만한 기회가 충분히 생길 거예요"라고 말하며 그 제안을 거절했다. 타이거는 가장 거리가 짧은 화이트티에서 경기를 하며 또래들과 경쟁했다. 그는 다음 해에도 똑같이 행동했다. 타이거의 이런 성숙한 행동은 사전트에게 매우 깊은 인상을 남겼다. 사전트는 스탠포드 대학교의 골프 코치였던 친구 윌리 굿윈에게 연락해서 이 어린 골퍼를 스카우트하는 게 좋을 거라고 추천하기도 했다.

높은 수준의 경쟁을 하게끔 자녀를 부추겼던 부모들 때문에 잘못된 결과를 가져온 사례가 수없이 많다. 미국농구협회National Basketball Association, NBA는 고등학생이 NBA팀에 진출하는 것을 장려하기 위해 졸업을 면제해 주기도 했다. 그 선수가 고등학교에서 NBA로 전향하는 과정에서 생기는 신체적 변화는 별 문제가 되지 않는다는 사례도 있지만, 정신적 변화에도 잘 적응할 수 있는지는 확실하지 않다. 예를 들어 르브론 제임스는 프로농구계에서 잘 성장할 수 있었을지도 모르지만, 이른 프로농구 활동이 그에게 끼친 장기적인 영향에 대해서 평가하는 것은 불가능하다. 테니스계 상황은 더욱 좋지 않았다. 결국 세계테니스협회는 프로 대회에 참가하는 선수의 최소 연령 기준을 만들었다. 또한 주니어 선수들이 참가할 수 있는 대회 수도 제한하도록 했다.

골프계에서도 이와 같은 사례가 있다. 하와이 출신의 골프 신동 미셸 위는 자신이 출전할 수 있는 모든 미국여자프로골프협회Ladies Professional Golf Association, LPGA 대회에서 경쟁하기 위해 주니어 골프 대회 출전을 피했다. 미셸과 그의 아버지는 주니어 대회에서보다 프로골프 선수들과 경쟁하면서 더 많은 것을 배우게 될 거라고 말했다. 그러자 미셸 위는 언론과 LPGA 투어 프로 선수들로부터 많은 비판을 받았다. 비판 중의 하나는 어린 선수는 이기는 법을 배울 필요가 있다는 것으로, 주니어 대회에서 이기는 경험을 쌓는 것이 미셸 위에게 더 도움이 된다는 것이었다.

얼은 신체적, 정신적으로 골프 경기의 모든 면에서 아들이 완벽해질 수 있도록 도와줄 전문가들을 모았다. 타이거가 프로로 전향했을 때 대중매체는 타이거를 돕는 전문가 모임을 취재했다. 그리고 타이거의 훈련을 돕는 전문가 모임을 타이거 팀이라고 부르기 시작했다. 타이거 팀이 만들어질 무렵부터 일원이었던 제이 브룬자는 해군을 위한 임상심리학자로 활동하면서, 타이거가 주니어와 아마추어 선수로 활동하는 동안 캐디의 역할을 맡았다. 제이 브룬자는 타이거의 골프클럽을 들어 주는 것 외에도 타이거가 자신의 마음을 통제할 수 있도록 도왔다.

그는 훈련 과정에서 타이거에게 최면을 걸어 팔의 자세를 똑바로 유지하도록 만들었다. 최면에 관해 잘 몰랐던 얼은 어린 아들의 팔을 구부리려고 애썼지만 헛수고였다. 제이 브룬자는 이런 방법으로 타이거에게 집중력을 유지하는 방법을 가르쳤다. 그 후 타이거는 11명의 선수와 함께 경기를 치렀는데, 그 경기에서 5언더파를 기록했다. 타이거에게 뒤처지고 있던 상대 선수들 중 1명이 7번 홀에서 제이 브룬자를 만나자, 그가 골프 치는 괴물을 만들어 냈다며 비아냥거렸다. 경기가 끝난 후 제이 브룬자가 타이거에게 최면을 걸었는지 아닌지에 대해서 억측이 있었지만, 타이거는 최면 상태에서 골프를 친 것이 아니었다. 이에 대해 제이 브룬자는 전문가로서 이야기했다.

"타이거는 지금 충분히 성숙합니다. 그는 골프를 치는 동안 스스로 고도의 집중력을 발휘할 수 있는 경지에 올랐습니다."

주니어 골프 선수들 중에서 상대적으로 소수의 선수만이 프로나 아마추어로의 기록을 쌓아간다. 그들 대부분은 주니어 골프 활동 시절의 성공에 비해 실망스러운 기록들을 세우게 된다. 하지만 타이거 우즈가 주니어 골프 활동 이후 성공적인 아마추어와 프로 활동을 이어 나가면서, 주니어 골프 시절의 성공도 긍정적으로 여겨지기 시작했다.

타이거의 주니어 골프 시절 활약상을 살펴보다 보면, 지금 우리가 한 소년에 대해 이야기하고 있다는 사실을 종종 잊어버리게 된다. 당시 타이거의 골프 기술은 소년의 것이라고는 믿을 수 없을 만큼 뛰어났기 때문이다. 타이거는 또래보다 훨씬 더 높은 수준에서 경쟁할 수 있었지만, 자신의 위치에서 계속 실력을 쌓고 발전해 나갔다.

타이거가 4살이었을 때, 주니어 대회에서 한 아이가 벙커의 모래를 만지는 것을 보고 반칙성 행동이라는 걸 바로 알아차렸다. 이런 행동은 2벌타의 처벌을 받을 수 있었다. 4살인 어린 소년이 골프 규칙에 대해 이토록 상세히 알고 있다는 것과 반칙을 알아차릴 만큼 주의가 깊었다는 것은 놀라운 일이다. 뿐만 아니라 타이거는 아버지에게 다른 아이들 모두가 반칙하더라도 자신은 결코 반칙하지 않겠다고 맹세했다고 한다. 이처럼 골프는 상금을 걸고 하는 스포츠 경기 중에서 누군가가 자신의 반칙 행위를 보지 않았더라도 선수 스스로 자신에게 벌점을 내리는 유일한 스포츠이다.

골프는 다른 스포츠와는 달리 키와 몸집에 크게 영향을 받지 않는다. 하지만 타이거는 골프 대회에서 경쟁하기 시작하면서 자신의 작은 키로 인한 열등감을 극복해야만 했다. 타이거가 아직 신체적으로 발달하기 전이었던 12살 때 참가했던 세계 주니어 챔피언십은 열등감을 극복하는 데 큰 계기가 되었다.

타이거는 1번 홀에서 키가 182센티미터인 선수와 함께 경기해야 했다. 초반에는 키가 큰 선수의 강한 드라이버 샷에 타이거가 위축된 경기를 펼쳤다. 얼은 타이거에게 골프는 몸집과 힘에 의해서 좌우되는 경기가 아니라고 충고해 주었고, 그 결과 타이거는 자신보다 몸집이 훨씬 큰 아이를 상대로 이길 수 있었다. 그리고 다시는 다른 선수의 키와 몸집에 위축되지 않겠다고 아버지에게 약속했다.

1989년, 13살의 타이거 우즈는 인슈어런스 골프 클래식에 출전했다. 인슈어런스 골프 클래식은 주니어 선수와 프로 선수가 함께 경기하는 독특한 대회였다. 타이거는 8명의 프로 선수를 이겼다. 그리고 훗날 골프 스타가 된 존 댈리 선수와 함께 대결을 가졌다. 결국 마지막 홀에서 존 댈리에게 졌지만 타이거는 멋진 경기를 펼쳤다. 타이거는 이 대회를 통해 프로에서도 경쟁할 수 있는 실력이 있다는 것을 분명하게 보여 주었다. 타이거 우즈는 고등학교에 들어가기도 전인 이 무렵 스탠포드 대학교로부터 입학을 권유하는 편지를 받기도 했다.

감정을 다스리는 탁월한 능력

타이거 우즈는 14살의 나이로 옵티미스트 인터내셔널 챔피언십에서 다섯 번째 우승을 차지했다. 뿐만 아니라 세계 주니어 챔피언십에서 여섯 번째 우승을 하며 기록을 세웠다. 15살이 되었을 때는 이런 눈부신 활약을 바탕으로 미국주니어골프협회와 남부 캘리포니아의 올해의 선수에 선정되었고, 롤렉스 주니어 전 미국 대표 일군으로 선발되었다.

타이거 우즈는 주니어 활동을 하는 동안 스스로 생각하는 법과 부모님을 기쁘게 해드리는 것 사이에서 균형 잡는 법을 배웠다. 1990년, 타이거 우즈는 US 주니어 아마추어 대회 준결승에서 데니스 힐먼에게 지고 말았다. 몹시 낙담한 타이거는 집으로 돌아가는 차 안에서 아버지를 끌어안고 "아빠, 사랑해요"라고 말했다.

10살이 된 타이거가 주니어 골프 대회에 참가했을 때 한 가지 사건이 일어났다. 타이거는 칠 수 있는 샷 중에서 한 가지를 선택해야 했는데, 예상외의 샷을 선택했다. 라운드 후에 얼은 타이거 우즈에게 왜 까다로운 그 샷을 치려고 했는지 물었다. 타이거는 그것이 아버지가 원하는 것이라고 생각해서 한 행동이었다고 대답했다. 그 대답을 들은 얼은 앞으로는 아버지를 위한 경기가 아니라 자기 자신을 위한 경기를 하라고 타이거에게 일러 주었다. 그리고 스스로 결정한 것은 본인이 책임져야 하기 때문에, 앞으로는 삶과 골프장에서 타이거 혼자 결정할 수 있어야 한다고 말했다.

미국 언론은 험한 세상에 아랑곳하지 않는 행복한 소년의 이미지를 타이거에게 만들어 냈지만, 타이거는 인종적인 편견에 둘러싸인 악몽을 자주 꿨다. 한번은 남부에서 열리는 대회에 출전했을 때 암살자의 목표물이 되는 꿈을 꾸기도 했다. 이러한 압박감에도 불구하고 타이거는 골프장에서 계속 성장해 나갔다.

1991년, 타이거 우즈는 캘리포니아 치노 힐스의 로스세라노스 골프장에서 열린 닛산 LA 오픈에 출전했다. 132명 선수들 가운데 오직 2명만이 본선에 진출할 수 있었다. 타이거가 18번 홀에 이르렀을 때, 당시 타이거 우즈의 캐디였던 얼은 본선 진출을 위해서는 버디를 잡아야만 한다고 잘못 알려 주었다. 타이거 우즈는 티에서 그린 위로 공을 2타 만에 올리는 것을 생각했기 때문에, 버디를 잡아야 한다는 아버지의 말은 그리 큰 부담이 아니었다. 하지만 골프공은 경사 아래에 있었고 칠 수 있는 각도도 나오지 않았다. 타이거 우즈가 스윙했을 때 골프공은 정면으로 가지 않고 연못에 떨어졌다. 이것 때문에 예선 통과의 희망은 사라졌다. 예선에 통과한 2명의 프로 선수 맥 오그래디와 존 버클은 66타를 쳤다. 타이거는 보기를 기록하면서 69타를 쳤다. 불과 15살이던 타이거 우즈의 경기를 지켜본 몇몇 선수들은 골프 기술뿐만 아니라 그보다 더욱 중요한 끝까지 최선을 다하는 타이거 우즈의 자세에 깊은 인상을 받았다. 경기에 임하는 타이거의 자세는 이후 PGA 투어에서 활동하면서 더욱 잘 드러났다.

타이거가 주니어 활동을 하면서 세우는 기록들이 언론에 보도되면서부터 그는 많은 주목을 받았다. 그리하여 타이거는 1992년도 LA 오픈 대회에 초청되었다. 대회에 참가했던 모든 선수들이 타이거 우즈를 알고 있었던 것은 아니다. 샌디 라일이라는 선수는 새로운 천재 타이거 우즈에 관해 들었을 때 그것이 새로 생긴 골프장인지 물었을 정도였다. 타이거는 6타 차이로 본선 진출에 실패했다. 그러나 그는 프로골프 투어에서 경기하면서 매우 값진 경험을 쌓았다.

주니어 아마추어 우승자였던 타이거는 1992년 US 오픈 출전을 위한 지방 예선전을 면제받고, 캘리포니아 주 델리에 있는 레이크 머세드 골프장에서 열렸던 지역 당국 예선전에 출전했다. 77명의 프로 선수와 실력 있는 아마추어 선수들 중에서 오직 10명만이 본선 진출 자격을 획득할 수 있었다. 당시 타이거는 시험공부와 운전면허 시험도 준비해야 했기 때문에 예선전에 충분히 대비하지 못했다. 타이거는 결국 큰 부담을 느꼈고 4타 차이로 본선 진출에 실패했다. 하지만 아버지 얼은 그에게 좋은 경험이었다고 위로해 주었고, 타이거 스스로도 US 오픈 대회를 느낄 수 있는 좋은 경험이었다고 생각했다.

주니어 아마추어 챔피언십에서 우승함으로써 타이거는 자동적으로 1992년도 미국골프협회 아마추어 대회 참가 자격이 주어졌다. 대회는 이틀 동안 36홀 스트로크 플레이 Stroke Play, 정규 라운드에서 가장 적은 타수를 겨루는 경기 방식으로, 메달 플레이라고도 함―옮긴이 **방식**으로 진행되며, 낮은 점수를 기록한 선수 64명이 매치 플레이 Match Play, 매 홀마다 승자와 패자를 정하며, 이긴 홀 수와 진 홀의 많고 적음으로 승부를 판가름하는 경기 방식―옮긴이 **방식으로 다시 경쟁한다.**

예선 첫째 날, 타이거는 아마추어 선수로서 가장 최악의 라운드를 치렀다. 대회에는 타이거보다 더 좋은 기록을 가진 선수들이 많이 있었다. 그날 타이거는 시합을 잘 풀어 나가지 못했을 뿐만 아니라 참을성을 잃고 인터뷰에 응하지도 않은 채 자리를 떠났다. 하지만 힘든 경험에서 벗어나는 데 그리 오랜 시간이 걸리진 않았다. 그는 기분을 진정시키는 데 얼마나 걸리느냐는 질문에 "저녁 시간이면 충분해요"라고 말하곤 했다.

실제로 타이거는 다음 날 라운드에서 감정을 잘 추스르고 생애 최고의 라운드를 만들었다. 타이거와 그의 아버지는 매치 플레이 라운드로 가기 위해 69타를 쳐야 한다고 목표를 잡았지만, 타이거는 66타를 기록했다. 정규 그린에서 2개를 제외하고 모두 쳤으며, 버디 4개, 이글 1개, 파 13개를 쳤다. 결국 다음 라운드에서 탈락하고 말았지만, 이 대회에서 그는 좌절 후에 다시 일어서는 능력과 자신의 경기 결과에 상관없이 감정을 다스리는 능력을 보여 줄 수 있었다.

1993년이 되자 타이거 우즈에게 주니어 골프 대회는 더 이상 어려운 도전이 아니었다. 그 때문에 타이거 우즈는 주니어 골프 대회에서 집중력을 유지하기가 힘들어졌다. 하지만 아직 주니어 대회에서 한 가지 도전이 남아 있었다. 바로 미국골프협회의 주니어 챔피언십에서 3연패를 달성하는 것이었다.

　　타이거는 그 목표를 위해 오리건 주 포틀랜드의 웨이벌리 골프장에서 열리는 대회에 참가했다. 대회 결승에서 타이거 우즈는 라이언 아머와 맞붙었다. 라이언 아머는 도미 2 상황이었다. 도미 2란 경기에서 두 홀을 남겨 두고 한 선수가 두 홀을 앞서고 있다는 것이다. 즉 도미 2를 한 선수는 비길 수는 있어도 결코 질 수는 없는 점수였다.

　　타이거 우즈는 침착하게 17번 홀에서 버디를 잡았다. 하지만 18번 홀에서 두 번째 샷이 그린에서 약 37미터 정도 떨어진 모래 벙커에 빠졌다. 어떤 상황에서도 이런 공은 가장 치기 어려운 샷이었다. 타이거는 극적인 샷으로 공을 홀에서 2.5미터 이내 거리로 보내는 데 성공했다. 타이거는 퍼팅으로 공을 홀에 넣었고 라이언 아머는 보기를 기록했다. 경기는 서든데스Sudden Death, 동점일 경우 선취점을 얻는 쪽이 이기게 되는 연장전로 다시 승부를 가리게 되었다. 결국 우즈는 연장전 1번 홀에서 라이언 아머를 꺾고 우승을 차지했다.

다시 한 번 1993년도 미국골프협회 주니어 챔피언십에서 우승을 차지한 타이거는 텍사스 주 휴스턴에 위치한 챔피언십 골프장에서 열리는 US 아마추어 대회 참가 자격을 얻었다. 타이거는 지난번과 마찬가지로 대회 두 번째 라운드에서 탈락했다. 하지만 이 대회에서 부치 하먼을 소개받았다. 부치 하먼은 1948년 마스터스 대회에서 우승했던 클로드 하먼의 아들로, 타이거 우즈의 신뢰를 받는 코치가 되었다. 그는 타이거가 아마추어 선수에서 프로 선수로 성장하는 동안 매우 중요한 역할을 담당했다. 타이거가 주니어 골프에서 이룬 대단한 성공에도 불구하고, 그의 스윙을 본 부치 하먼은 최고의 골프 선수로 성장하려면 3년이 걸리는 프로젝트가 필요하다고 얼과 타이거에게 말했다.

유명해지고 점점 더 주목을 받을수록 더 강도 높은 감시의 대상이 되곤 한다. 타이거 우즈의 유명세도 일종의 역차별을 초래했다. 캘리포니아 주 뉴포트 비치에 있는 빅캐니언 골프장에서 타이거에게 명예회원직을 제의했다. 골프 규칙상 아마추어 지위에 관해 엄격한 규정이 있음을 잘 알고 있었던 얼 우즈는 타이거 우즈가 그 제안을 받아들여도 아마추어 지위를 계속 유지할 수 있는지 알아보기 위해 미국골프협회에 문의했다. 미국골프협회에서는 타이거가 그 제안을 받아들여도 아마추어 지위를 유지할 수 있다고 알려 주었다. 하지만 미국대학체육협회는 다른 조항을 가지고 있을 수도 있기 때문에 미국대학체육협회에도 연락을 취해 보라고 권유했다.

얼은 미국골프협회의 충고가 조금은 당황스러웠다. 타이거는 아직 고등학생이었기 때문이다. 얼은 곧바로 미국대학체육협회에 문의했고, 협회는 타이거가 골프장의 명예회원직 제안을 거절해야만 대학 골프 선수의 자격을 유지할 수 있다고 알려 왔다. 이후 미국대학체육협회는 타이거가 명예회원 제안을 받아들여도 좋다고 허가했지만, 이 일은 앞으로 계속될 타이거 팀과 대학교 체육 관리부의 충돌과 오해를 빚은 첫 번째 사건이었다.

골프는 다른 운동보다 훨씬 많은 비용이 들기 때문에 우즈 가족의 경제적 상황은 넉넉하지 못했다. 그럼에도 불구하고 얼 우즈는 아들의 아마추어 지위를 계속 유지시키려 애썼다. 기자들은 빈정대며 타이거가 더 많은 돈을 벌기 위해 아마추어 자격을 유지하고 있다는 식의 기사를 썼다. 그 이유가 무엇이든 타이거는 아마추어 자격을 계속 유지했다. 또한 대중들은 타이거 우즈가 아마추어골프 선수임에도 그에게 골프 경기 이상의 더 많은 것을 기대하고 있었다.

타이거가 14살 때 인종차별과 관련된 큰 사건을 겪었다. 그 때문에 숄 크리크 골프장에서 열릴 예정이었던 1990년도 PGA 챔피언십 대회는 취소하라는 압력을 받았다.

사건의 발단은 대회 전 기자 회견 때문이었다. 숄 크리크 골프장 대표는 골프장에 흑인 회원이 전혀 없는 이유에 대한 질문을 받았다. 대표는 흑인 회원을 받도록 강요하는 일은 있어서는 안 된다고 대답했다. 덧붙여 여성과 유태인, 레바논인, 이탈리아인 회원은 가입이 가능하다는 말을 함으로써 상황을 더욱 악화시켰다. 몇몇 사회단체와 인권단체는 피켓을 들고 시위했으며, 대회를 후원하는 기업은 부담을 느끼기 시작했다. 결국 미국프로골프협회와 미국골프협회는 인종차별을 하는 골프장에서 그 어떤 대회를 여는 것도 금지시키는 정책을 만들었다.

갑자기 어린 타이거 우즈는 흑인의 희망이 되었다. 언론은 미국에서 일어난 인종 사태에 대해 타이거의 의견을 궁금해 했다. 타이거 또한 자신의 정체성에 대해 완벽하게 이해하고 있었다. 하지만 그는 가장 위대한 흑인 골프 선수가 되는 것보다 가장 위대한 골프 선수가 되고 싶었다. 이처럼 억압받는 흑인과 소수자들을 대변하는 역할에 대해 부담을 느끼면서 타이거 우즈는 점차 성장하기 시작했다.

"다른 사람들로부터 인정을 받기 위해서는
꾸준히 노력하는 것 이외에 다른 방법이 없습니다.
타고난 재능이란 인간이 만들어 낸 허구에 불과하니까요.
전 슬럼프에 빠지면 더 많은 연습을 통해
정상을 되찾곤 합니다."

타이거 우즈

흑인 골프의 개척자들

1995년, 타이거 우즈는 인디애나 주 인디애나폴리스에 있는 9홀 골프장인 더글라스 파크 골프장에서 상을 받았다. 더글라스 파크 골프장은 1961년 PGA에서 인종차별적 규정을 삭제할 때까지 흑인 골프 선수들의 투어 대회 금지를 포함한 인종차별을 해 오던 골프장이었다.

한 달 후 타이거는 US 아마추어 챔피언으로서 마스터스 대회에 처음으로 출전했다. 나중에 타이거는 이전 세대의 흑인 골퍼들이 활약했던 의미에 대해서 다음과 같이 언급했다.

"제가 우승했던 1997년도 이래로 마스터스 대회 전통에 커다란 존경심을 갖게 되었습니다. 그렇지만 사실 매그놀리아 코스를 내려가면서 바비 존스나 마스터스 대회가 갖는 의미에 대해 생각하지는 않았습니다. 저는 마스터스 대회에 출전할 기회조차 얻지 못했던 모든 위대한 흑인 골프 선수들을 생각하고 있었습니다. 제가 마스터스 대회에서 우승할 수 있었던 것이 그들의 정당성을 어느 정도 입증했다고 믿습니다."

타이거 우즈가 이끌었던 열렬한 관심의 한 원인은 그가 소수자에게 가장 배타적이었던 역사를 가진 골프에서 활약한 혼혈인이라는 사실 때문이었다. 그러므로 골프의 짧은 역사를 거슬러 올라가 보는 것은 중요하다. 타이거 우즈가 골프에서 이룬 업적을 제대로 평가하려면, 유색인종의 선수들이 프로골프 선수 자격을 획득하는 것과 미국 내 대부분의 회원제 골프장에 접근하는 것을 막아 왔던 거대한 장애물에 대해서 먼저 이해할 필요가 있다. 또한 이러한 골프의 배타적인 역사에도 불구하고 미국이 낳은 천재적인 첫 번째 프로골프 선수가 흑인이었다는 사실도 흥미롭다.

미국의 골프 역사를 만든 사람들

골프만큼 사회계층을 구별시켰던 스포츠는 없었다. 그러나 골프는 로마 군인들이 파가니카Paganica라고 불리는 게임을 하는 것을 목격했던 스코틀랜드 목동에 의해 시작되었다. 파가니카 게임은 끝이 굽은 막대기로 깃털을 채워 넣은 가죽 공을 치는 것이었다.

이처럼 골프는 처음부터 신사들의 경기는 아니었다. 이후 엄청난 인기를 모으며 골프는 급속도로 퍼져 나갔다. 결국 1457년 제임스 2세는 의회에 골프 금지령까지 내려야 했다. 골프가 궁술 연습 시간을 너무 많이 빼앗았기 때문이었다. 골프 금지령이 해제된 1502년부터 19세기 중반까지 영국 신사들은 영국 곳곳에 있는 골프장 어디에서나 골프를 즐겼다.

1세대 프로골프 선수들은 복싱 선수들처럼 가난에서 벗어나기 위해 경기를 했다. 17세기 영국에서 골프를 쳤던 선수들은 우리가 알고 있는 신사들은 아니었다. 1830년부터 1860년 사이에는 스코틀랜드 사람인 탐 모리스, 알란 로버트슨, 탐 모리스의 아들 탐 모리스 주니어 세 사람이 골프계를 이끌었다. 브리티시 오픈 챔피언십은 1860년에서야 개최되었다.

1877년, 해리 바든 가족은 로얄저지 골프장으로 가는 길을 만드는 공사 때문에 판잣집에서 강제 퇴거를 당했다. 이후 바든은 세계적인 명성을 얻는 골퍼가 되었다. 그는 그 시대 프로 골퍼의 전형이었으며, 상금 이외에 자신의 훌륭한 골프 기량으로 돈을 벌 수 있었던 최초의 골퍼였다. 이 시기 골프는 신사들이 즐기는 운동이었지만, 프로골프 선수들은 상류 사회에서 제대로 대접받지 못했다. 프로골프 선수들은 교육을 받지 못했으며, 사투리가 심한 억양으로 말하고, 에티켓도 없었다. 그들은 골프클럽을 만들고 고치는 일을 도맡았다. 또한 대부분 골프장을 관리하고, 회원에게 경기를 향상시키는 방법을 가르쳐 주는 일을 담당했다. 실력이 뛰어난 프로골프 선수들은 때때로 골프 대회에 참가하기도 했다. 하지만 그들이 골프장에서 일을 할 때도 골프장 내 식당에서 점심을 먹을 수 없었고, 골프장 내 탈의실에서 신발을 갈아 신는 것조차 허락되지 않았다.

1930년, 바비 존스는 소위 골프의 그랜드슬램이라고 불리는 US 오픈, US 아마추어, 브리티시 아마추어, 브리티시 오픈에서 우승을 차지했다. 그는 이상적인 아마추어 선수의 살아 있는 전설이었다. 그 이후 바비 존스는 세계적으로 유명한 마스터스 대회와 어거스타 내셔널 골프장의 설립자로 큰 명성을 얻었다. 현재 뉴저지 주 파힐스에 위치한 미국골프협회 본부에는 그가 두 차례나 오픈 챔피언십에서 우승하고 상금 대신 받았던 메달 4개가 전시되어 있다. 변호사였던 바비 존스는 프로골프 선수로 전향하지 않고 아마추어 골퍼의 전설로 남았다.

물론 오늘날의 기준에 따르면 1930년대 골프에서 벌어들일 수 있었던 돈은 많지 않았다. 스포츠와 기업 간의 관계가 아직 형성되기 전이었기 때문이다. 또한 스포츠와 기업 간의 관계에서 가장 중요한 역할을 하는 미디어도 아직 초기 단계였기에, 대중의 관심을 골프 경기로 불러오는 데 역부족이었다.

다른 스포츠와 비교해 볼 때 골프는 겉보기에는 열광적인 반응을 보이지 않는다. 골프는 8만 제곱미터가 넘는 넓은 경기장에서 선수들이 동시에 경기하는 유일한 스포츠이다. 뿐만 아니라 경기 중에 관중들은 조용히 지켜보기만 하며, 참가자 대부분은 자신의 감정들을 거의 드러내지 않는다.

골프는 어떻게 대중의 마음을 사로잡아 수많은 관중들을 끌어모으고 미디어에도 보도되었을까? 그 원인은 바로, 언제나 개성과 재능이 넘치는 선수들이 등장했기 때문이었다. 해리 바든과 바비 존스는 이런 현상의 초기 사례였고, 타이거 우즈는 가장 최근의 사례이다. 이들과 같은 매력적인 선수들은 묵묵히 걸으며 인내심을 시험하는 경기를 극적인 스포츠로 변형시킨다.

골프 선수들은 관중과 선수들 사이에 벽이나 철조망이 없는 열린 공간에서 경기를 한다. 또한 그들은 헬멧이나 우스꽝스러운 양말이나 반바지를 입지 않고 일반인과 비슷한 옷을 입는다. 골프는 경기를 하는 장소와 시대의 스타일을 가장 빠르게 반영하며 우리와 밀접한 관계를 맺는다. 골프는 영국에서 시작되었지만 미국 스타일에 적합하게 변화되었다.

사우스캐롤라이나 골프장은 1876년 찰스턴에 세워졌다. 그곳은 아마도 미국에 세워진 최초의 골프장일 것이다. 그러나 1890년대까지 미국 내에서 골프를 치는 사람은 아주 드물었다. 1891년 윌리 던이라는 스코틀랜드 사람이 미국으로 이주해 왔다. 그리고 롱아일랜드 시네콕힐스에서 처음으로 법인 조직으로 만들어진 골프장이 세워졌다. 골프는 영국을 비롯한 유럽 등지를 여행하던 사람들과 재산이 있었던 부유한 미국 사업가들에 의해서 미국으로 소개되었다. 골프를 쳤던 대부분 사람들은 상류층이었지만, 미국 내에서 골프의 발전 초기 단계에 중요한 역할을 담당했던 사람들은 흑인이었다.

미국으로 골프가 전파되면서 흑인들도 골프 경기에 참가하기 시작했다. 그러나 흑인들은 오직 캐디로서만 골프에 참가할 수 있었다. 그들은 골프 기술을 개발시킬 수 있었지만, 이 시기에는 공식적으로 흑인들이 골프를 칠 수 있는 골프장은 없었다.

1920년대 골프 열풍이 불기 시작하면서부터 회원제 골프장과 퍼블릭 골프장에는 많은 수의 캐디가 필요해졌다. 골프장은 일주일에 하루 정도는 골프장 코스 관리를 위해 문을 닫았는데, 관례적으로 캐디들이 골프를 칠 수 있도록 허락해 주었다. 캐디들이 골프를 칠 수 있도록 허락해 주었던 골프장 캐디 마스터들은 인종차별을 하지 않는 사람들인 셈이었다. 그 결과 골프장 이용비를 지불할 수 있음에도 회원으로 받아들여지지 못했던 많은 십대 흑인들은 골프장에서 골프를 칠 수 있었다.

비록 캐디들이 골프를 칠 수 있는 특권을 획득하긴 했지만, 그들은 여전히 존중받지 못했다. 어거스타 내셔널 골프장 캐디였던 한 흑인이 즐겨 했던 다음의 이야기를 통해 우리는 당시 흑인의 지위를 추측할 수 있다.

위대한 노예 해방자 링컨 대통령의 아들이 라운드를 끝낸 후, 자신의 캐디에게 10센트를 팁으로 주었다.

"북부 신사들은 보통 25센트를 줘요."

흑인 캐디가 투덜거리며 말하자, 링컨 대통령의 아들이 눈을 부라리며 말했다.

"내 아버지가 이미 당신네들을 위해서 충분히 했잖아?"

그러자 흑인 캐디는 대답했다.

"전 잘 모르겠는데요. 당신 아버지의 캐디를 해 본 적이 없어서요."

많은 흑인들은 골프를 치는 데 여러 가지 제약이 따랐음에도 불구하고 골프에 대한 관심을 계속 키워나갔다. 그 결과 1920년대에는 이미 많은 흑인들이 골프클럽을 소유하게 되었다. 그들의 골프클럽은 화려한 골프채로 이루어졌던 것은 아니었다. 더구나 대다수 흑인들은 9홀 골프장에도 겨우 갈 수 있을 만큼 가난했다. 하지만 초라한 골프클럽과 9홀 골프장은 골프를 치길 원하는 흑인들을 위한 대안이었다. 1921년에 설립된 뉴저지 주 웨스트필드현재의 스카치 플레인의 셰이디레스트 컨트리클럽도 흑인들을 위한 골프장이었다. 장사 수완이 뛰어난 흑인 상인과 변호사, 의사, 웨이터와 경비원이 골프장의 주 회원이었다.

흑인 골프의 상징, 셰이디레스트 컨트리클럽

셰이디레스트 컨트리클럽의 역사는 1900년에 세워진 9홀 골프장인 웨스트필드 컨트리클럽으로부터 시작되었다. 웨스트필드 컨트리클럽은 뉴저지 주 스카치 플레인의 예루살렘 거리 위쪽인 기찻길 북쪽에 위치해 있었고, 양쪽에는 흑인 공동체의 작은 집들이 모여 있었다. 그곳에 거주하는 사람들은 볼일을 보거나 회사를 가기 위해 아무렇지도 않게 골프장을 가로질러 다니곤 했다.

1921년, 웨스트필드 컨트리클럽은 코스를 18홀로 확장하려고 공사 계획을 세우고 있었다. 하지만 당시 백인 회원제를 둘러싼 여러 가지 경영상 문제들 때문에, 웨스트필드 컨트리클럽은 크랜포드 골프클럽과 합병해 스프링필드의 에코레이크 컨트리클럽으로 변경되기로 결정이 내려졌다. 그리하여 기존의 웨스트필드 컨트리클럽 부지는 재력 있는 흑인들이 만든 부동산 회사에 저당을 잡히게 되었다. 그 후 웨스트필드 컨트리클럽은 미국 내 최초의 흑인 골프 컨트리클럽으로 간주되는 셰이디레스트 컨트리클럽으로 바뀌었다.

셰이디레스트 컨트리클럽이 만들어지기 이전에도 흑인이 소유하고 운영하던 골프장이 있었다. 그렇지만 골프 코스와 클럽 하우스, 식당, 탈의실, 테니스 코트, 승마, 사격, 크로켓 등 사회적 활동을 모두 할 수 있는 시설을 갖춘 컨트리클럽은 없었다. 셰이디레스트 컨트리클럽에서는 그 모든 것들이 가능했다. 또한 다른 골프장과도 연계되어 있었다. 셰이디레스트 컨트리클럽은 흑인들이 운영하며 흑인들을 위해 존재했다. 또한 뉴욕과 지역 사회에서 사회경제적으로 중요한 역할을 담당했던 시설이었다.

1925년, 셰이디레스트 컨트리클럽의 부실 경영을 이유로 헨리 파커가 인솔하는 뉴욕 대표단과 뉴저지 주의 지역 단체 사이에서 셰이디레스트 컨트리클럽을 차지하기 위한 권력 다툼이 발생했다. 뉴저지 주 지역 단체는 투표를 통해 클럽 관리자로서 뉴욕 후보를 떨어뜨렸지만, 뉴욕 대표단은 법을 앞세워 투표 결과를 부정했다. 권력 다툼 후 헨리 파커가 또 다른 뉴욕 단체의 일원인 존 네일과 함께 담보대출금을 갚기 위해 모아 둔 돈을 가지고 셰이디레스트 컨트리클럽을 떠났다는 소문이 나돌았다. 이런 시기에 윌리엄 윌리스가 셰이디레스트 컨트리클럽의 경영을 맡았다.

윌리엄 윌리스는 셰이디레스트 컨트리클럽이 문을 닫을 때까지 운영했다. 그는 1차 세계 대전에서 군수품 보급을 담당하는 하사관으로 복무했다. 군 복무를 마치고 미국으로 돌아와서는 택시 회사를 운영했고, 스카치 플레인 지역에서 부동산을 매매하기 시작했다. 윌리엄 윌리스는 여러 측면에서 미국 중산층에 속하기 위해 투쟁을 계속했던 흑인을 대표한다.

1930년대 초반, 세금이 오르면서 윌리스는 셰이디레스트 컨트리클럽 소유권을 스카치 플레인 당국 소유 재산으로 넘기라는 압력을 받았다. 결국 윌리스와 당국은 비공식적인 협의를 하기에 이르렀는데, 당국은 흑인 사회를 위해 셰이디레스트 컨트리클럽을 계속 유지하는 것과 윌리스가 셰이디레스트 컨트리클럽을 계속 경영하는 것에 동의했다.

1963년에 윌리엄 윌리스와 스카치 플레인 당국 사이의 동맹은 끝을 맺었고, 셰이디레스트 컨트리클럽은 스카치힐스 컨트리클럽으로 이름을 바꿔 공공에 개방되었다. 셰이디레스트 컨트리클럽은 1960년대 공공시설로 편입되면서 더욱 발달했지만, 흑인 시설 쇠퇴라는 피할 수 없는 모순에 빠졌다.

셰이디레스트 컨트리클럽은 그 시기 모든 분야의 저명한 흑인들을 위해 장소를 제공했다. 뉴욕과 가까웠기 때문에 많은 유명 음악가들이 컨트리클럽에서 정기적으로 공연을 가졌다. 엘라 피츠제럴드, 카운트 베이시, 듀크 엘링턴 모두 셰이디레스트 컨트리클럽에 출연했다. 세계적인 테니스 선수로 활약했던 엘시아 깁슨은 셰이디레스트에서 테니스와 골프를 배웠다. 1923년 현충일에는 열혈 행동주의 학자 두보이스의 연설을 듣고자 모여 든 군중으로 인해 500여 대가 넘는 자동차가 셰이디레스트 컨트리클럽 주차장을 가득 메웠다. 출신과 성별이 다양한 회원들과 흑인들에게 적대적이었던 세상 속에서 그들에게 문화적 분위기를 제공했다는 것은 셰이디레스트 컨트리클럽의 자랑거리였다.

셰이디레스트 컨트리클럽 이야기는 많은 시련을 겪었던 흑인들의 업적을 대표한다. 셰이디레스트 컨트리클럽은 증가하는 흑인 중산층과 소수자들에게 골프를 접할 수 있는 기회와 함께 사회적, 경제적인 공간을 제공했다.

흑인 골프의 개척자,
존 쉬픈

셰이디레스트 컨트리클럽과 밀접한 관련이 있는 한 사람이 있다. 그 사람은 바로 존 쉬픈이다. 그는 비교적 최근까지도 크게 알려지지 않았다. ABC 방송국은 1981년과 1984년 US 오픈을 중계하면서 짐 소프를 US 오픈을 선도했던 최초의 원주민이라고 언급했다. 이런 언급에 대한 반발로 《뉴어크 스타레저》의 스포츠 칼럼니스트인 제리 아이젠버그는 존 쉬픈 이야기를 칼럼으로 썼다.

존 쉬픈은 1878년 12월 워싱턴에서 태어났다. 그의 가족은 1888년 롱아일랜드로 거처를 옮겼다. 존 쉬픈의 아버지는 장로교회의 목사였고, 시네콕 인디언 보호 거주지에서 목사로 일했다. 쉬픈은 1893년까지 시네콕에서 캐디 일을 하면서 골프를 쳤다. 그는 50달러를 받기로 하고 시네콕 회원들과 몇 번의 대결에 응했다. 그는 시네콕 프로 골퍼인 R. B. 윌슨과 네 차례 대결해서 3번을 이겼다고 말했다.

1896년, 18살이 된 존 쉬픈은 동료 캐디이자 시네콕 인디언인 오스카 번과 함께 오픈 대회에 출전하기로 했다. 하지만 인종과 관련된 사건이 일어나면서 존 쉬픈의 인종적 정체성에 관해 몇 가지 의문이 제기되었다. 그 당시 프로 선수들과 아마추어 선수들은 만약 존 쉬픈과 오스카 번이 대회에 출전한다면, 자신들은 경기에 출전하지 않겠다고 주최 측을 압박했다. 이에 대해 미국 프로골프협회 협회장 시어도어 해브메이어는 불평하는 골퍼들에게, 존 쉬픈과 오스카 번만 대회에 출전하더라도 대회는 열릴 것이라고 통보했다고 한다. 이 이야기에 따르면 결국 불평하던 골퍼들은 마음을 가라앉히고 존 쉬픈, 오스카 번과 함께 대회에서 경쟁했다.

이 사건에 대한 다른 견해도 있다. 협회장 시어도어 해브메이어가 다른 선수들에게 존 쉬픈은 흑인이 아닌 인디언이라고 말했고 이런 사실이 선수들의 반발을 없앴다는 이야기이다. 하지만 지금은 폐간된 영국의 정기 간행물 《골프》에서 '시네콕힐스 골프장에 소속된 16살의 흑인 캐디 존 쉬픈'이라고 언급된 기사가 있는 걸 보면 이러한 견해는 신빙성이 없어 보인다.

19세기 말, 골프계에서는 공공연하게 흑인들을 차별했다. 1896년, 그런 상황의 미국에서 흑인이 전국적인 골프 대회에 참가했다는 사실은 역사적으로 큰 의미가 있다. 우리는 지금 골프 역사에 있어서 가장 뛰어난 골퍼인 한 흑인의 삶에 대해 이야기를 하고 있기 때문에 이 사건은 꼭 짚고 넘어가야 한다.

존 쉬픈의 부모가 흑인이라는 것은 사실로 보인다. 쉬픈의 딸 폴 슬러비가 쓴 책에서 그녀는 아버지의 혈통에 대해 말하고 있다. "증조부인 밀턴 윈필드 리는 시네콕의 혈통이었다." 존 쉬픈 역시 자신의 아버지는 흑인이고, 어머니는 시네콕 인디언이었다고 밝힌 바 있다. 1950년대에 흑인이 평등권을 얻기 위해 싸우기 시작하면서부터 PGA 투어에 흑인 프로 골퍼가 출전하는 문제는 존 쉬픈의 인종 논쟁만큼이나 중요한 의미를 갖게 되었다.

여러 가지 요인들 때문에 수년간 존 쉬픈의 인종에 대한 논란이 지속되었다. 존 쉬픈이 시네콕 인디언 여성과 결혼했다는 것이 논란의 주요 원인이었다. 그의 아이들 역시 혼혈이었다. 시네콕 부족 인디언들은 흑인과 결혼하는 경우가 많았다. 그렇기 때문에 인종에 관하여 크게 신경 쓰지 않는 시네콕 사람들에게서 인종적 기원을 찾는 것은 쉬운 일이 아니었다. 뿐만 아니라 존 쉬픈의 사진이 인종적 착각을 불러일으켰을 수도 있다. 이처럼 존 쉬픈의 인종을 둘러싼 논쟁이 있었다는 사실 자체만으로도 그 시기 미국의 인종에 대한 차별이 어땠는지를 가늠해 볼 수 있다.

존 쉬픈과 오스카 번의 1896년도 오픈 대회 출전 허락을 둘러
싸고 일어났던 논쟁에 관해 흥미로운 추측이 있다. '선수권 쟁탈
전'이라는 명칭이 의미하듯이 대회는 프로 선수와 아마추어 선
수 모두에게 개방되어 있었다. 그 당시 모든 프로 골퍼들은 사실
상 신분이 낮았기 때문에 대회에서 누구와 경쟁하게 될지 별로
신경 쓰지 않았을 것이다. 이보다는 대회 참가가 불가능했던 인
종들의 출전에 아마추어 선수들이 불만을 가졌을 거라는 추측이
더욱 설득력 있다.

우여곡절 끝에 출전했던 쉬픈은 대회에서 공동 5위라는 성적
을 거두었다. 그와 함께 공동 5위를 했던 위그햄은 대회 전날의
아마추어 시합에서 우승했던 선수였다.

이후 존 쉬픈은 캐디를 그만두고 처음으로 전문 직업을 가지
게 되었다. 그는 뉴저지 주 버나즈빌의 부유한 크롬웰 가족에게
골프를 가르쳤다. 그 후 2년 동안은 동부 햄프턴에 있는 메이드
스톤 골프클럽에서 클럽 프로로 일했다. 또한 뉴저지의 스프링
레이크와 브루클린의 마린앤필드 클럽 나중에 다이크비치 클럽으로 바뀌
었다 등 대도시 지역 골프클럽에서 클럽 프로로 근무했다. 그리고
1902년부터 메이드스톤 골프클럽으로 돌아와 1913년까지 일했
다. 그 후 1년 동안은 철강재벌 헨리 클레이 프릭의 개인 프로 골

퍼로 고용되었다. 1916년에는 시네콕으로 돌아와서 2년 동안 골프장 관리인으로 근무했다. 시네콕 인근에 있던 내셔널 골프장에서도 비슷한 일을 했다. 그 후 존 쉬픈은 골프장을 떠나 워싱턴에서 수년간 공직 생활을 했다. 쉬픈 가족은 워싱턴에 살고 있었는데, 결국 그는 자신이 돌아오길 기다렸던 가족에게로 돌아갔다.

존 쉬픈은 공직 생활을 마치고 다시 골프계로 돌아왔다. 메릴랜드에 있는 흑인 골프클럽인 내셔널캐피탈 골프장에서 일했으며, 1932년 뉴저지 주로 돌아와서 셰이디레스트 컨트리클럽의 프로가 되었다. 당시 셰이디레스트 컨트리클럽에서 근무하기 시작했을 때 그의 나이는 54살이었고 골프 시합에는 더 이상 출전하지 않았다. 존 쉬픈은 1968년에 생을 마감할 때까지 셰이디레스트 컨트리클럽에서 일했다.

존 쉬픈이 골프 대회에 출전하던 시절에는 메이저 대회가 개최되기 전이었고, 큰 규모의 대회는 오직 US 오픈 챔피언십뿐이었다. 게다가 쉬픈은 흑인 골퍼로서 수많은 장애물과 부딪쳤다. 그럼에도 불구하고 그가 큰 대회에서 이뤄 낸 업적들은 살펴볼 가치가 있다.

존 쉬픈의 골프 경기 기록

대회 기간	경기 장소	점수	순위	소속
1896년 7월 18일 (하루 동안 36홀 경기)	시네콕힐스	159 (78-81)	공동 5위	시네콕힐스
1899년 9월 14일~15일	볼티모어 컨트리클럽	350 (86-88-88-88)	27위	아로니밍크필라델피아
1900년 10월 4일~5일	시카고 컨트리클럽	353 (18-89-83)	공동 25위	마린앤필드브루클린
1902년 10월 10일~11일	가든시티 골프장	318 (79-82-76-81)	곤동 5위	뉴욕
1913년 9월 16일~19일	매사추세츠 주 브루클린 컨트리클럽	328 (81-73-87-87) 예선 점수 165	공동 41위	메이드스톤 골프클럽 롱아일랜드

당시 미국골프협회는 대회를 끝까지 마치고 점수 카드를 제출한 선수들의 기록만 기재했던 것 같다. 기록에 의하면 마지막까지 점수가 기재된 선수들보다 참가 선수들의 수가 더 많았기 때문이다. 따라서 존 쉬픈은 위에서 살펴본 대회보다 더 많은 대회에 참가했지만 점수 카드를 제출하지 않았을 가능성도 있다. 하지만 존 쉬픈의 경제적 상황을 고려해 보면, 많은 대회에 참가하기는 어려웠을 것이다. 또한 그 시절에는 골프 투어가 없었으므로 참가할 수 있는 시합도 그리 많지 않았다.

1916년까지 프로 골퍼를 위한 협회는 없었다. 따라서 존 쉬픈은 PGA의 회원이었던 적이 없다. 엄밀히 말해 쉬픈이 골프 시합에 참가하던 시절에는 프로골프 선수라는 개념이 없었다. 하지만 쉬픈은 70년 넘게 골프계에 종사했었다. 좋은 경기를 펼칠 수 있도록 코스를 유지하는 일, 장비를 공급하고 수리하는 일, 골프를 가르치는 일, 대회를 진행하는 일, 점수를 기록하는 일, 그리고 때때로 대회 상금을 얻기 위해 시합하는 일 등 그 당시 클럽 프로가 해야 할 모든 책임들을 충족시켰다. 그러므로 존 쉬픈을 미국 최초의 프로골프 선수로 봐도 무리가 없을 것 같다.

셰이디레스트 컨트리클럽은 흑인을 위한 최초의 골프장도 아니었고, 유일한 골프장도 아니었다. 연방 정부의 평등권에 대한 인식이 성장하면서 워싱턴 내 중산층 흑인들도 점차 증가하고 있었다. 좋은 직업을 가진 흑인들은 많은 여가 시간을 가지게 되었고, 지역 골프장에도 더 자주 갈 수 있었다. 따라서 워싱턴 지역 내 흑인 골프 인구가 유독 많이 증가할 수 있었다. 1938년, 남성 흑인 골퍼와 여성 흑인 골퍼는 연합하여 내무장관 헤럴드 익스에게 워싱턴에 있는 퍼블릭 골프장의 인종차별적 대우를 폐지해 줄 것을 청원했다. 그 결과 1939년에 랭스톤 골프장이 세워졌다.

하버드 대학교 출신의 부유한 존 랜달 박사는 매사추세츠 주 스토우에 있는 가족 별장에다 골프장을 만들었다. 골프에 많은 관심이 있던 워싱턴 사람들은 랜달 박사의 별장을 빌려 쓰곤 하면서 메이플데일 컨트리클럽으로 발전시켰다. 이후 메이플데일 컨트리클럽은 미국 내 흑인 골프 성장에 중요한 역할을 담당해 왔다.

흑인들이 운영하던 초기의 다른 골프장들은 일리노이 주 캔카키에 있는 선셋힐스 컨트리클럽, 조지아 주 애틀랜타에 있는 링컨 컨트리클럽, 시클러빌에 있는 프리웨이 골프장, 그리고 뉴저지 주에 있는 애즈버리파크 골프장이 있다. 흑인을 주 고객으로 하는 골프장이 점차 증가함에 따라 흑인 골퍼들의 시합에 대한 열의도 더욱 커졌다.

1925년에 이르러 전미 유색인종 골프 대회가 셰이디레스트 컨트리클럽에서 최초로 열렸다. 처음 개최된 이 대회에서 해리 잭슨과 존 쉬픈이 각각 우승과 준우승을 차지했다. 두 사람 모두 워싱턴 출신이었다. 이 대회는 그해 초 워싱턴의 '유색인종골프협회'라는 단체를 결성하여 그 단체에서 개최한 대회였다. 셰이디레스트 컨트리클럽의 회장 고든이 협회의 협회장으로 선출되

었다. 2년 후, 협회는 흑인골프협회United Golf Association, UGA로 명
칭을 변경하고 1960년대 중반까지 흑인 골프의 책임자로서 역
할을 담당했다.

흑인골프협회의
활발한 지원 1926년에 들어서면서 흑인 골프클럽이
미국 전역으로 확산되었다.

스토우에 거주하던 로버트 호킨스는 메이플데일 골프장에서
대회를 열기로 결정하고, 전국 유명 흑인 골프클럽의 아이들을
초청했다. 1926년 노동절 날 35명의 흑인 골퍼가 72홀 메달스트
로크 방식의 토너먼트를 하기 위해 모였다. 프로 전국 부문의 우
승자는 상금 100달러를 받았고, 아마추어 전국 부문의 우승자는
메달을 받았다. 처음 개최된 이 대회의 남녀 우승자는 워싱턴의
해리 잭슨과 시카고의 마리 톰슨이었다. 존 쉬픈은 4위의 성적
으로 상금 25달러를 획득했다.

흑인골프협회는 개인과 클럽 간 대회를 정기적으로 주최해 오
던 이스턴골프협회Eastern Golf Association, EGA와 같은 흑인 골퍼들
의 지방 단체들로 구성되었다. 흑인골프협회는 대회의 행사 일
정을 조율하며, 다양한 흑인 클럽에서 열렸던 전국 챔피언십을

매년 후원했다. 흑인골프협회 주체의 대회는 보통 아마추어 대회와 오픈 대회로 이루어졌다. 대회 수가 늘어남에 따라 대회 상금의 규모도 커지면서 더 많은 흑인 골퍼들이 골프를 전문적으로 칠 수 있도록 바뀌었다.

흑인골프협회의 초대 협회장은 전국에 설립된 지역 골프클럽의 확산을 이끌었던 워싱턴 로얄골프클럽의 창립 위원인 조지 아담스 주니어 박사였다. 그는 1929년에도 협회장으로 재선되었다. 또한 흑인골프협회에서 가장 중요한 역할을 담당한 여성으로는 연대제작자와 투어 관리자로 근무했던 패리스 브라운과 안나 로빈슨을 꼽을 수 있다.

흑인 여성들은 백인 여성들보다 골프를 칠 수 있는 기회를 만드는 데 더욱 적극적이었다. 공식적으로 만들어진 최초의 여성 골프클럽은 1937년 워싱턴에 설립된 웨이크로빈 골프클럽이었다. 더욱 주목할 점은 이 클럽은 남성 클럽 소속의 보조 시설물이 아니었다는 점이다. 몇 개월 후, 시카고에도 여성 전용 골프클럽이 설립되었다. 하지만 초기 여성 골프클럽은 골프 코스 형태를 갖추지는 못했다. 그들은 보통 시합을 해도 좋다는 허가를 받은 특정한 날의 특정한 시간에만 퍼블릭 골프장에 출입할 수 있었다.

혹인 여성들도 혹인 남성들과 똑같은 사회적 편견에 직면했지만, 혹인골프협회는 뛰어난 여성 골퍼를 양성하기 시작했다. 그중 몇몇은 LPGA 대회에 출전해서 주목을 받았다.

　인디애나 주 게리 출신의 앤 그레고리는 인디애나폴리스 메르디안힐스 컨트리클럽에서 열린 1957년도 미국골프협회 아마추어 챔피언십에 출전한 최초의 혹인 여성이었다. 이어 1958년에는 캘리포니아 주 롱비치의 에올린 소턴에서 열렸던 대회에도 출전했다.

　또한 테니스 선수 엘시아 깁슨은 유명 테니스 대회에서 우승한 후, 셰이디레스트 컨트리클럽에서 골프를 배웠다. 골프를 시작한 엘시아 깁슨은 1967년도 LPGA 투어에 출전한 최초의 혹인 여성이 되었다.

　르네 파웰의 아버지 윌리엄은 오하이오 주 캔턴에서 클리어뷰 컨트리클럽을 운영했다. 그녀는 오하이오 대학교에서 성공적으로 골프 선수 활동을 한 후, 1960년대 후반부터 여성 투어에 출전하기 시작했다.

　혹인은 오랫동안 PGA 투어에 참가할 수 없었다. 혹인골프협회는 골프를 쳐서 생계를 꾸리는 선수들을 위하여 돈을 벌 수 있도록 최소한의 기회를 제공했다. 또한 혹인골프협회는 골프와 관련된 공공시설 이용을 거부당했던 중산층 흑인들에게 사회 조직망 역할을 해 주었다.

흑인골프협회는 흑인 프로들과 아마추어들에게 실력을 겨뤄 볼 수 있는 기회를 제공해 주었지만, 기존의 주요 백인 골프 조직 속으로 흑인 골퍼의 지위를 승격시키는 데에는 대부분 실패했다. 미국론테니스협회United States Lawn Tennis Association, USLTA에서 ATA테니스계의 흑인골프협회 같은 협회를 뜻함를 배려했던 것과는 달리, 미국골프협회는 챔피언십에서 흑인골프협회 회원을 위한 자리를 남겨 두지 않았다. 이처럼 미국골프협회와 흑인골프협회는 교류를 거의 하지 않았다. 빌 라이트가 1959년도 퍼블릭 링크스 챔피언십에서 우승할 때까지, 미국골프협회 챔피언십에서 흑인 선수가 우승한 적은 없었다. 그 후 찰스 듀혼이 1982년도 미국골프협회 시니어 아마추어 챔피언십에서 우승했다. 타이거 우즈는 미국골프협회 주니어 챔피언십에서 연속 우승한 이후, 미국골프협회 아마추어 챔피언십에서 3회 연속1994년, 1995년, 1996년으로 우승한 최초의 아마추어 골퍼가 되었다.

시카고의 로버트 팻 볼은 1927년, 1929년, 1934년과 1941년 흑인골프협회 프로 대회에서 우승했다. 바비 존스가 브룩헤이

븐 컨트리클럽에서 제일 좋아했던 캐디인 하워드 부치 휠러는 장타로 유명했으며, 1933년과 1958년 동안 흑인골프협회 프로 대회에서 5번 우승을 차지했다. 흑인골프협회의 활발한 지원 덕분에 실력 있는 흑인 골퍼들이 많이 탄생했지만, 일반 대중에게는 이런 소식이 거의 알려지지 않았다. 흑인골프협회 주관 대회는 전국 매스컴에 보도가 되지 않았기 때문이었다.

흑인이 골퍼로 성장하는 길에는 두 가지 방법이 있었다. 한 가지는 군대의 18홀 골프장에서 골프를 치는 것이다. 이등병이던 캘빈 셜즈는 1944년도 탬오샌터 전미 골프 대회에 참가했다. 이 대회는 전쟁 기간 동안 흑인들이 출전할 수 있었던 유일한 주류 대회였다.

다른 한 가지는 골프장을 가지고 있는 유일한 흑인 학교인 터스키지 대학교에 진학하는 방법이 있었다. 1920년도에 대학 캠퍼스 안에 세워졌던 3홀 코스는 1930년대에 들어서면서 9홀 코스로 확장되었다. 터스키지 대학교는 1938년에 대학연합 대회를 후원하다가 1940년에는 직접 미국 대학연합 대회를 제정했다.

당시 흑인 사회는 출입할 수 있는 퍼블릭 골

프장 수를 늘리기 위해 노력 중이었다. 퍼블

릭 골프장을 이용하는 것은 급증하고 있던 흑인 골퍼들의 기량

을 향상시킬 수 있는 현실적인 방안이었기 때문이다. 시민의 권

리를 찾기 위한 노력과 더불어 공공시설을 자유롭게 이용할 권

리를 얻기 위해 미국 곳곳에서 소송이 잇달아 제기되었다.

1947년, 흑인 치과 의사 스위니 박사는 어떤 제약도 받지 않고

골프를 칠 수 있는 권리를 얻기 위해 켄터키 주 루이스빌 파크 관

리부를 상대로 소송을 제기했다. 그러나 사실상 소송의 판결은

이미 결정되어 있었다. 법정은 사회적 평등을 집행할 수 없다는

이유로 소송을 기각시켰다. 다른 하급 법원의 결과도 비슷했다.

또 다른 하급 법원에서는 이용 규정을 수정하라는 결과를 내놓

기도 했다. 결국 공공 골프 시설과 휴양 시설에서의 '분리하되

평등하게'라는 정책을 폐지하기 위해서 이 사건은 1955년에 고

등 법원으로 옮겨 갔다.

고등 법원은 앞서 나왔던 하급 법원의 판정을 무효로 한다고

선언하였다. 즉, 공공시설에서 사용자에게 제공되는 편의시설들

이 동등하다면 흑인과 백인을 분리해도 된다는 판결을 뒤집은 것

이다. 그러나 고등 법원에서 이런 판결이 나왔다고 해서, 즉각적으로 퍼블릭 골프장이 흑인에게 완전히 개방되었던 것은 아니다.

흑인 프로 선수들의 투쟁은 법정에서 승리함은 물론 전국 방송에서도 엄청난 반향을 불러일으켰다. 흑인 골퍼 테드 로즈, 빌 스필러와 건터 매디슨은 PGA가 배타적인 인종차별 규정을 재고하도록 한목소리로 외쳤다. 이들은 캘리포니아 주 리치몬드에서 열리는 리치몬드 오픈 대회 출전이 허가되지 않자, PGA의 인종차별적 대회 운영에 소송을 제기했다. 1948년 9월, 결국 소송은 법정 판결이 아닌 다음과 같은 양자 간 합의로 일단락되었다.

"PGA는 변호사 다나 머독을 통해, 피부색이나 인종차별 같은 이유 때문에 선수의 대회 출전 자격을 거부하지 않겠다고 선언했습니다."

하지만 이후에도 프로 골퍼 투어에서의 인종차별은 쉽게 사라지지 않았다.

PGA 정관에 따르면 백인이 아닌 인종의 PGA 회원 가입은 금지되어 있었다. 성공한 아마추어 골퍼였던 조 루이스는 지역 후원사 시보레에 의해서 1952년 샌디에이고 오픈 대회에 초청받았다. 하지만 PGA 위원회는 조 루이스에게 출전이 금지되어 있다고 통보했다. 하지만 지역 후원사가 대회에 선수를 초청할 수 있다는 규정에 따라 조 루이스를 포함한 5명의 아마추어 골퍼들은 대회에 출전할 수 있었다.

PGA 협회장 호튼 스미스는 조 루이스의 대회 출전을 승인하기 위해 경기 위원회의 여론을 조사했다. 조사 결과에 따라 PGA는 새로운 조항을 정관에 추가했다. 하나는 아마추어 언더5 핸디캡 '흑인'을 PGA에서 공인한다는 것이고, 또 다른 하나는 지역 후원사들에 의해서 지정되는 '명성과 능력이 인정된' 프로 '흑인'을 PGA에서 공인한다는 것이었다. 샌디에이고 오픈 대회의 인종차별 논란이 전국적인 관심을 불러일으켰지만, PGA가 공식적으로 '오직 백인'만 출전할 수 있다는 조항을 철폐하는 데 9년이 더 걸렸다.

흑인 프로 골퍼들이 가장 차별받던 1945년부터 1970년 사이에 두드러진 활약을 했던 흑인 프로 골퍼는 찰리 시포드였다. 찰리 시포드는 노스캐롤라이나 주 그린스보로에서 캐디로 일하며 골프를 배우기 시작했다. 그는 그린스보로에서 열린 지역 대회에서 여러 차례 우승했다. 그 후 그는 필라델피아로 가서 티칭 프로로 일했다. 찰리 시포드는 존 쉬픈 다음으로 골프에서 '최초의 흑인'이라는 기록을 많이 남겼다. 1952년에서 1956년 사이 흑인골프협회의 대회를 연속적으로 모두 우승하며 챔피언십을 장악한 후에, 백인들의 골프 대회 중에서도 규모가 큰 대회인 1957년도 캘리포니아 롱비치 오픈에서 우승한 최초의 흑인 선수가 되었다. 또 다른 흑인 프로 골퍼 피터 브라운이 PGA 투어 1964년도 와코 터너 오픈에서 우승한 최초의 흑인 선수였지만, 찰리 시포드는 PGA 메이저 대회인 1969년도 LA 오픈에서 우승한 최초의 흑인 선수가 되었다.

1960년에 찰리 시포드의 항의 편지를 받은 캘리포니아 법무장관 스탠리 모스크는 공식적으로 다음과 같은 입장을 표명했다.

"우리는 법정 안팎으로 사용할 수 있는 모든 조치를 취할 작정입니다. PGA가 이런 불쾌한 제한을 없애지 않는다면, 캘리포니아 주에서 어떤 종류의 PGA 활동도 허가하지 않겠습니다."

결국 PGA 집행 위원회는 정관에서 흑인 회원을 제한하는 조항을 제거하는 의제에 투표를 시행했고, 1961년 11월 위원회의

비준으로 PGA 회원제는 개정되었다. 찰리 시포드는 1964년에
마침내 PGA 회원 카드를 획득했다.

시포드는 1969년도 그레이터그린스보로 오픈에 출전했다. 이
대회에서 우수한 성적을 거둔 선수에게는 프로골프 투어에서 가
장 배타적인 초청 대회인 1970년도 마스터스 대회에 참가할 자
격이 주어졌다. 대회가 시작되고 백인 관람객 중 남자 4명이 시
포드에게 야유를 보냈다. 대회 경기 위원장 조지 웰쉬가 그들을
비난했다.

"4홀 동안 그들을 따라다니며 지켜봤습니다. 전 그들에게 우리
는 모두 즐거운 시간을 보내길 바란다고 말하며 야유를 그만둘
것을 요청했습니다. 하지만 그들은 제 말을 듣지 않더군요. 그래
서 경기위원들에게 그들을 붙잡고 있으라고 지시하고 주 경찰을
불러 그들을 체포하게 했습니다."

찰리 시포드는 이 대회에서 10위를 기록했다. 안타깝게도 이
대회는 상위 6위까지만 마스터스 대회 참가 자격을 획득할 수 있
었다.

스포츠 세계의 관심을 흑인 골프로 끌어오는 데 가장 눈에 띄는 역할을 했던 흑인 골퍼는 리 엘더였다. 주로 흑인골프협회 대회에서 활동한 리 엘더는 1967년에 PGA 회원 카드를 획득했다.

리 엘더는 마스터스 대회에 참가했던 최초의 흑인 골퍼로 알려졌다. 조지아 주 어거스타에 위치한 어거스타 내셔널 골프장에서 열리는 마스터스 대회는 골프의 배타주의를 상징한다. 어거스타 내셔널 골프장은 가장 제약이 많은 회원 규정이 있는 클럽이었다. 뿐만 아니라 어거스타 내셔널 골프장에서 열리는 마스터스 대회는 흑인 프로 선수들이 메이저 골프 대회에 출전하지 못할 거라는 통념을 만들어 냈다. PGA 대회와는 달리 오로지 초청된 골프 선수들만이 마스터스 대회에 참가할 수 있었다. 대부분의 PGA 대회는 전년도 투어에서 상금 랭킹 60위 안에 드는 골프 선수들은 누구나 참가할 수 있었고, 남은 대회 참가자 자리를 위한 예선전은 모두에게 공개되었다. 그러나 마스터스 대회에는 어떤 흑인 선수도 출전한 적이 없었다.

1970년대 초, 마스터스 대회 운영자로 하여금 골프 선수에게 대회 초청권을 주는 기준을 세우도록 만든 노력의 중심에 리 엘더가 있었다. 마스터스 대회는 복잡한 점수제를 근거로 선수를 초청했던 이전의 정책을 변경했다. 바뀐 정책에 따라 마스터스 대회 전년도 PGA 대회 우승자는 누구나 초청권을 획득할 수 있었다. 마침내 리 엘더는 1974년도 몬산토 오픈에서 우승하며 1975년도 마스터스 대회에 출전할 수 있는 자격을 얻었다.

타이거 우즈의 출현 이전에 가장 성공한 흑인 골퍼는 캘빈 피트였다. 피트는 전통적인 길을 통해 골프에 입문했던 것은 아니었다. 그는 1943년 디트로이트에서 19명의 아이들 중 하나로 태어났다. 그의 가족은 전쟁이 발발한 이후에 남부로 이사했고, 그는 플로리다 주 파호키에서 성장했다. 피트는 해안을 왔다 갔다 하면서 과일을 따는 외국인 노동자들에게 하찮은 물건들을 팔며 생계를 유지했다. 캘빈 피트가 골프를 처음 접하게 된 것은 23살 때의 일이었다. 북부 지역을 여행하다가 뉴욕 주 로체스터에서 친구들을 만났는데 그들은 피트가 골프를 칠 수 있도록 이끌어 주었다.

캘빈 피트는 골프를 늦게 시작하면서 얻은 불리함 이외에도, 어린 시절 입은 부상 때문에 똑바로 펼 수 없었던 왼팔이 골프를 치는 데 방해가 되었다. 하지만 피트는 어려움을 극복하고 끈기 있게 노력했다. 1971년에 피트는 프로 선수가 되었고, 1975년에 투어 카드 이듬해 투어에 출전할 수 있는 시드를 획득했다. 그때부터 피트는 어떤 흑인 선수도 이전에 이루지 못했던 일들을 해내기 시작했다. 1978년도 PGA 대회 그레이터밀워키 오픈에서 첫 우승을 했다. 우연히도 타이거 우즈의 프로 대회 첫 우승도 역시 그레이터밀워키 오픈이었다. 피트는 10만 달러의 상금을 획득한 최초의·흑인 프로골프 선수가 되었다. 1984년이 끝날 무렵에는 여태까지의 활동을 능가하는 맹활약을 하며 PGA 투어 대부분의 대회에서 우승했다.

1982년, 캘빈 피트는 다양한 대회에서 최초의 흑인 우승자라는 기록을 세웠다. 그레이터밀워키 오픈두 번째, 앤호이저 부시 클래식, BC 오픈, 그리고 펜사콜라 오픈에서 우승했다. 또한 1982년도 PGA 챔피언십에서 3등으로 대회를 마쳤는데, 이것은 흑인 프로골프 선수가 메이저 골프 대회에서 획득한 역대 최고 점수였다.

초기 흑인 프로골프 선수들의 업적은 분명 흑인 사회로부터 골프에 대한 관심을 이끌어 냈고, 더 나아가 타이거 우즈의 성공을 가능하게 한 발판이 되었다. 그 후 타이거 우즈의 출현이 소수 사회에서 스포츠를 대중화시키는 데 큰 역할을 했다는 건 명백한 사실이다. 특히 소수자에게 주니어 골프 프로그램을 확산시키는 데 도움이 되었다. 골프와 관련된 단체들도 인종차별 조항을 없애기로 분명하게 약속했다.

그러나 흑인 골퍼들을 대표했던 타이거 우즈의 성공과 PGA
와 미국골프협회가 개최하는 대회에서 인종차별 정책을 철폐했
음에도 불구하고, 지역 회원제 클럽들은 아직도 소수자 회원의
수를 제한하고 있었다. '분리하되 평등하게'라는 낡은 폐습이 완
전히 타파되지 않고 존재하고 있지만, 타이거 우즈의 아마추어
와 프로골프에서의 눈부신 활약은 소수자의 골프 능력에 대한
어떤 의문도 불식시켰다.

<header>TIGER WOODS</header>

"저는 항상 실수를 줄이려고 노력하지만
실수를 해도 후회하지는 않습니다.
중요한 것은 그 실수를 다시 반복하지 않는 것입니다.
실수한 것을 가지고 언제까지나 마음에 담아 두며
연연해하지 않으려고 노력합니다."

타이거 우즈

TIGER WOODS
제5장

타이거 우즈의 기록 행진

　타이거 우즈는 통계적으로 가장 짧은 시간 안에 가장 성공한 프로 골퍼였다. 3년 연속 US 아마추어 챔피언십에서 우승한 전례 없는 기록은 타이거 성공의 전조가 되었다. 비록 오늘날 대중의 관심은 프로골프 경기에 집중되어 있지만, 초기 골프의 인기는 아마추어골프에서 비롯되었다. 타이거 우즈의 전설적인 아마추어 선수 활동은 아마추어 경기에 대한 대중의 관심을 다시 불러일으켰다. 이처럼 타이거 우즈의 활동을 정확히 이해하기 위해서 우리는 먼저 골프 경기의 기원과 골프 역사 속에서 아마추어골프의 역할에 대해 이해해야만 한다.

아마추어골프 선수들

미국골프협회는 미국에서 가장 막강한 골프 단체이다. 미국골프협회는 미국의 선수권 대회를 대표하기 때문에, 그들이 주최하는 대회는 매우 중요하다. 뿐만 아니라 미국 골프의 높은 세계적 명성을 고려해 볼 때 미국골프협회 아마추어 챔피언십은 가장 중요한 아마추어 타이틀임이 틀림없다. 물질적인 성과를 중시하는 미국 문화에서 상금이 아닌 타이틀과 메달을 위해 시합을 하는 사람들은 언제나 위신이 섰다. 낭만적이라고는 하지만 상업주의의 폐해에 물들지 않고 아마추어의 순수함을 간직한 채 단순히 골프를 겨루는 즐거움만을 위해 경기하는 골퍼에게는 나름의 이유가 있다.

골프는 스코틀랜드 농민층에서 처음 시작되었지만, 미국으로 전파될 무렵에는 오직 부유한 사람들만 골프를 칠 수 있었다. 골프는 생계를 걱정할 필요가 없었던 부유층에서 여가를 즐길 목적으로 사용되었다.

1894년의 미국은 소위 말하는 전미 아마추어 챔피언십을 열어도 될 만큼 골프에 대한 관심이 충분했다. 챔피언십을 감독할 관리부를 창설하는 노력의 일환으로, 탁월한 사업가이자 아마추어 골퍼인 찰스 맥도날드는 명성 있는 골프클럽의 대표자들과 만남을 가졌다. 그 결과, 1894년 12월 22일에 아마추어골프협회를 설립하기로 했다. 이후 골프 인구가 증가하는 상황을 반영해서 명칭을 미국골프협회로 바꾸었다. 협회 창립 위원에는 5개의 골프클럽이 있었다. 뉴포트 골프클럽, 시네콕힐스 골프클럽, 매사추세츠 주 브루클린 컨트리클럽, 뉴욕 주 용커스에 있는 세인트앤드루스 골프클럽, 시카고 골프클럽이었다.

최초의 미국골프협회 아마추어 챔피언십은 1895년 10월 로드아일랜드에 있는 9홀 골프장 뉴포트 골프클럽에서 열렸다. 그러나 아메리카컵 요트 경기와 날짜가 겹치자, 골프 참가자들과 관람객을 빼앗길 수 있다는 우려 때문에 아마추어 챔피언십의 대회 날짜는 변경되었다. 오픈 대회는 같은 주에 열리는 게 원칙이지만, 아마추어 대회의 특성상 어쩔 수 없이 수정되었다. 작가 마크 프로스트는 전국 골프 챔피언십에 대한 대다수 미국인들의 태도를 다음과 같이 설명했다.

"…미국골프협회의 전국 아마추어 챔피언십은 20세기 초 10년 동안 미국의 많은 주목을 받았습니다. 주요 대회는 창립자들과 산업을 주도하는 사람들에 의해 개최되었죠. 스포츠에 소비할 시간적 여유가 있었던 부유한 사람들은 그때까지도 US 오픈을 연례적인 상인 단체 집회처럼 하층민과 외국인 프로 골퍼들의 프리메이슨Freemason, 18세기 초 영국에서 시작된 세계 동포주의, 인도주의, 자유주의를 바탕으로 우애를 다지는 세계적 민간단체 - 옮긴이 집회로 여기며 흘겨보았습니다. 실제로 언론과 대중 모두 단순히 명예가 아닌 보잘 것 없이 적은 돈을 위해 씨름하는 뻔뻔스러운 스코틀랜드인들의 경기로 치부하며 별로 열광하지 않았습니다."

골프는 미국인들의 일상생활과 동떨어져 있었기 때문에, 사실상 그 시점에는 골프에 대한 관심은 거의 없었다. 전직 캐디 출신의 프란시스 위멧이 1913년도 US 오픈에서 우승했을 때, 비로소 일반 대중들도 골프에 관심을 가지기 시작했다. 위멧은 골프를 선도했던 베테랑 프로 골퍼 톰 바튼과 테드 레이라는 2명의 스코틀랜드 출신 골리앗과 싸우는 다윗이었다. 골프의 근원지이자 우세한 기량을 가진 영국을 상대로 역전한 이 대회에서 미국 대중들은 자국의 선수를 응원하며 관심을 모았다.

처음 골프의 인기를 만들어 냈던 사람이 프란시스 위멧이었다면, 골프의 인기를 계속 유지시켰던 사람은 조지아 주 애틀랜타 출신의 겸손한 젊은 남성 로버트 바비 타이어 존스 주니어였다. 존스와 타이거 우즈는 주니어와 아마추어 활동 사이에 많은 유사한 점들이 있다. 그러나 그들의 가족적, 사회적 배경은 많은 차이가 있다.

로버트 바비 타이어 존스 주니어는 1902년 3월 17일에 태어났다. 존스의 아버지 로버트 퍼르메더스 존스는 애틀랜타의 저명한 변호사였다. 그들의 배경은 뚜렷하게 다르지만, 아버지와 아들의 관계 사이에는 흥미롭게도 유사한 점들이 많다. 두 사람의 아버지 모두 야구 선수로서 실력이 있었다. 그리고 프로야구 선수가 되려고도 했었다. 얼 우즈와 마찬가지로, 바비 존스의 할아버지 로버트 타이어 존스는 로버트 퍼르메더스 존스가 만약 야구 마이너리그 계약을 한다면 다신 아들을 보지 않을 거라고 압박했다. 결국 존스는 아버지의 뜻에 따라 대학교를 졸업했다.

두 사람의 아버지 모두 친구와 조언자로서의 역할을 하며 아들과 깊은 유대감을 나눴다. 로버트 존스는 대령이라는 별명을 가졌으며, 얼은 실제로 육군 중령으로 군 복무했었다.

어린 존스는 과거 미국으로 이주해 왔던 이스트레이크의 프로 골퍼 스튜어트 메이든의 스윙을 모방하며 골프를 배웠다. 존스가 6살이었을 무렵에 그는 이스트레이크 어린이 골프 대회에서 우승했다. 그는 조지아 공과대학교에서 기계공학을 전공했고, 하버드 대학교에서 영문학과를 졸업했다. 그리고 에모리 대학교 로스쿨에서 1년 만에 조지아 주 변호사 시험을 통과했다. 그 후 그는 아버지의 법률사무소에서 일했다.

1923년과 1930년 사이의 7년 동안, 존스는 52개 대회에 출전하며 23개 대회에서 우승했다. 1930년도에는 아마추어로서 당시 그랜드슬램이라고 언급되던 US 아마추어, 브리티시 아마추어, US 오픈, 브리티시 오픈 챔피언십에서 우승했다. 이 대회들은 당시 메이저라고 일컬어지는 가장 명성 있는 골프 대회였다. 존스는 20개의 메이저 골프 대회에서 우승했던 잭 니클라우스 다음으로 많은 메이저 골프 대회에서 우승했다. 잭 니클라우스의 이런 기록은 어린 시절 타이거 우즈를 고취시켰다.

골프의
경기 방식　　　　　오늘날의 그랜드슬램은 US 오픈, 브리티시
　　　　　　　　　오픈, PGA 챔피언십, 마스터스 대회로 이루어진다. 아마추어 골퍼들은 PGA 챔피언십을 제외한 모든 메이저 대회에 참가할 수 있다. 그리고 그들은 스트로크혹은 메달 플레이 방식으로 겨룬다.

골프 대회에는 2개의 주요 방식이 있다. 매치 플레이 방식과 메달 플레이 방식이다. 전자는 각각의 홀에서 경기한 이후에 각각의 선수들 점수를 비교하는 경기 방식이다. 홀에서 가장 낮은 점수가 1등으로 기록된다. 우승자는 18홀 중 가장 많은 홀에서 우승한 선수이다. 한 선수가 그들이 경기를 할 남아 있는 홀보다 더 많은 홀을 앞서고 있을 때, 일례로 2홀이 남았는데 3홀을 앞서고 있으면 우승자가 결정된다. 만약 선수가 그에게 남아 있는 홀만큼 앞서고 있다면, 선수는 '도미'가 되었다고 말한다.

골프 역사상 초창기에는 시합과 친목 대회 모두에서 플레이가 가장 인기 있는 점수 방식이었다. 오늘날 사실상, 모든 프로 참가자들은 메달 또는 스트로크 플레이 방식으로 경기한다.

메달 플레이 시합에는 적용되지 않고 매치 플레이에만 적용하는 서로 다른 규칙이 있다. 예를 들어, 매치 플레이 점수는 18홀 전체에서가 아닌 오직 각각의 홀에서 유지된다. 그래서 매치 플레이에서 선수가 18홀에서 자신의 경쟁자보다 상당히 낮은 타수로 쳤을지라도 패배할 수 있다. 미국 대선에서 각 주의 선거인단을 뽑는 것과 유사한 방식이다. 2000년 선거에서의 경우처럼 후보자가 전국에 걸쳐 적은 득표를 했음에도 불구하고, 인구가 더 적은 주에서 상대 후보를 큰 차로 이겼다면 대통령으로 선출되는 것처럼 말이다.

텔레비전으로 골프가 중계방송되면서 프로 대회의 방식도 변화되었다. 비록 일대일의 경쟁 방법이야말로 골퍼 간의 실력을 확실하게 시험하는 것이지만, 메달 플레이 방식은 대부분의 선수들을 4일 내내 경기하게 만든다. 일요일 오후에 많은 스타 선수들이 등장하는 경기는 높은 시청률과 함께 상업적 스폰서를 보장한다. 이는 정식으로 입증되었다.

예를 들어, 타이거 우즈가 대회에 참가하고 있다면 그 대회 시청률은 상당히 높을 것이다. 만약 대회가 매치 플레이라면 타이거 우즈가 탈락했을 때 시청률은 크게 하락하고, 스폰서는 보상받으려 할 것이다. 1950년대 후반 골프의 텔레비전 중계방송이 나날이 발전하고 있을 때 인기를 얻었던 아놀드 파머는 메이저 골프 대회에서 매치 플레이의 종말을 알리는 전조가 되었다.

US 아마추어 대회만이 매치 플레이 방식을 사용하고 있다. 핸디캡이 2.4이거나 그 이하인 사람은 누구나 아마추어 대회에 참가할 자격이 있다. 골프 핸디캡은 선수의 가장 최근 20개 점수 중에서 가장 좋은 점수 10개를 수학적인 공식으로 계산해 정하는 것이다. 각기 다른 기량을 가진 선수들이 서로 공정하게 경쟁할 수 있는 방법이다.

전국에 걸쳐 아마추어 대회를 위한 지역 예선을 치른다. 각 지역에서 올라온 일정한 수의 선수들이 아마추어 대회의 메달 플레이로 진출한다. 이 선수들은 이틀간 경기를 한다. 36홀 메달 플레이 시합에서 가장 점수가 낮은 선수들 64명이 매치 플레이 라운드로 나아간다. 선수들은 그들의 메달 플레이 점수에 따라서 시드권을 받는다. 그러므로 가장 낮은 점수는 가장 높은 점수가 되고, 두 번째로 낮은 점수는 두 번째로 높은 점수가 된다. 아마추어 챔피언이 되기 위해서는, 선수는 반드시 매치 플레이 라운드의 예선전을 치루고 나서 6개의 매치에서 이겨야 한다.

미국골프협회 주니어 대회 우승자인 타이거에게 1992년과 1993년 미국골프협회 아마추어 챔피언십의 참가 자격이 주어졌다. 그는 두 해 모두 메달 플레이에서 진출해 64명의 선수들과 경쟁했다. 하지만 각각 매치 플레이의 첫 번째와 두 번째 라운드에서 탈락했다. 비록 타이거는 이 대회에서 두 차례 모두 초반에 탈락했지만, 타이틀을 향한 다음 도전의 밑거름이 되는 값진 경험을 쌓았다.

타이거는 1994년에는 다른 여느 골퍼들처럼 예선전을 치러야 했다. 그는 캘리포니아에서 예선을 치르도록 배정받았다. 예선 전 바로 전날 타이거와 그의 아버지는 시카고에 있는 상황이었다. 얼과 타이거는 공항에 늦게 도착했고 결국 비행기를 놓쳤다. 이미 많은 사람들이 예비로 올라가 있는 다음 비행기의 대기 명단에 이름을 올리고 차례를 기다렸다. 그들은 항공사 직원의 실수로 어떤 커플에게 돌아가야 했던 티켓을 받았다. 다음 비행기에 탑승하지 못한다면 아마추어 예선전에 참가할 가능성이 아예 없어지는 걸 의미했지만, 타이거는 티켓을 커플에게 양보했다. 항공사 직원들은 타이거의 태도에 매우 감동했고, 그들을 대기 명단의 맨 위로 옮겨 주었다. 타이거와 얼은 마침내 비행기에 탑승할 수 있었고, 무사히 예선전을 치를 수 있었다.

아마추어 대회 최연소 우승자

1994년도 아마추어 대회는 플로리다 주 잭슨빌에 있는 TPC 소그래스에서 열렸다. 이 골프장은 프로골프 단체가 설계해서 운영하고 있는 골프장 중 하나였다. 미국프로골프협회는 미국 내에서 가장 막강한 프로 골퍼 단체로, 투어 프로들과 클럽 프로들 모두 1916년에 설립된 이 협회에 속해 있다. 하지만 1960년대 후반에 투어 프로와 클럽 프로가 종종 서로 어긋나며 어려움이 있었다.

결국 1968년에 PGA에서 토너먼트 선수부가 분리되어 오로지 투어 프로들로만 이루어진 자매단체로서 토너먼트 플레이어 투어가 되었다. TPC 골프장은 토너먼트 플레이어 투어가 소유하고 운영했다. 그리고 그들은 대중 친화적 관중들이 토너먼트 골프를 볼 수 있게 하는데서 많은 이점을 얻을 수 있었다이라는 점과 매우 뛰어난 골퍼들의 테스트를 할 수 있다는 점에서 특성화되었다. TPC 소그래스의 17번 홀은 모든 TPC 골프 코스 중 도전을 대표하는 홀이다. 143미터 거리의 짧은 파3으로, 완전하게 물로 에워싸인 그린에서 골프공을 쳐야 하는 홀이다. 골프공을 올려야 할 그린은 작았으며, 플로리다의 바람은 변화무쌍했다. 이 어려운 홀은 PGA 투어에서 가장 재미있는 홀이 되었다. 타이거가 자신의 첫 번째 US 아마추어 대회에서 우승하기 위해 맞서야 하는 홀이었다.

타이거의 첫 번째 매치 상대는 45살의 본 모이스였다. 타이거는 그를 2대1로 수월하게 이겼다. 다음 상대인 마이클 플린을 만나서 그를 6대5로 어렵게 이겼다. 타이거의 다음 적수와 벌인 경기는 지금까지의 대회에서 가장 접전이었다. 그의 상대는 버디 알렉산더였다. 알렉산더는 나이가 많은 선수였으며 플로리다 대학교 골프팀의 코치였다. 12홀을 친 후 알렉산더는 타이거를 3점 차로 앞섰다. 또한 알렉산더는 많은 경험과 심리적인 유리함으로 타이거를 압도했다. 모든 상황이 타이거에게 불리했다. 사람들은 타이거가 질 거라고 믿었다. 하지만 어렸을 때 얼이 타이거에게 했던 정신 훈련은 타이거가 모든 불리한 상황을 극복하게 만들었다.

알렉산더는 14번 홀에서 약 90센티미터 거리를 두고 도미를 위한 퍼팅을 했다. 그러나 그의 퍼팅은 홀을 살짝 비껴갔다. 이 무렵에 플로리다의 많은 골프팬들이 그들의 매치를 따라다니고 있었다. 매 순간 타이거가 경기할 때마다 언론은 이 젊은 흑인에게 주시했다. 타이거의 인종이 대중에게 폭넓게 받아들여지고 있었지만, 이곳은 플로리다 주 게인스빌의 알렉산더 대학교 캠퍼스에서 가까운 곳이었다. 많은 관중 속에서 한 남자가 말하는 것이 들렸다.

"이 모든 사람들이 누구를 응원하고 있는 것 같아? 저 흑인 아니면 플로리다 대학교의 코치?"

그들은 막상막하의 경기를 펼치며 악명 높은 17번 홀에 도착했다. 알렉산더는 대부분의 선수들이 했던 것처럼 그린을 안전하게 분할해서 쳤다. 그러나 타이거는 9번 아이언으로 홀의 오른쪽을 과감하게 쳤다. 그의 공은 물 위를 날아 워터 해저드를 막는 칸막이벽에서 약 90센티미터 거리의 그린 가장자리에 떨어졌다. 알렉산더는 8.5미터에서부터 퍼팅을 세 차례 했다. 타이거는 칩샷으로 60센티미터 내로 골프공을 보냈고, 한 차례 퍼팅으로 공을 홀 속으로 넣어서 이겼다. 마지막 홀에서는 두 선수 모두 더블보기를 했다. 결국 타이거가 알렉산더를 1점 차이로 이겼다.

8강과 준결승 매치는 타이거에게 비교적 수월했다. 8강에서 만난 타이거의 상대는 테네시 출신의 팀 잭슨이었다. 준결승에서는 오하이오 출신의 팀 프리쉬에트와 만났다. 타이거는 그들 모두를 5점과 4점 차이로 이겼다. 두 매치 사이에서 자신의 드라이버 샷의 일관성에 부족함을 느꼈던 타이거는 자신의 코치 부치 하먼과 연락해서 문제를 해결하는 조언을 들을 수 있었다.

타이거는 자신의 첫 번째 US 아마추어 파이널 매치에서 트립 퀴니를 만났다. 우즈 가족과 퀴니 가족은 친했다. 트립 퀴니는 타이거와 함께 뛰어난 대학 골퍼로 활동했고, 나중에 LPGA 투어 프로가 되었던 트립의 여동생 켈리는 타이거의 친한 친구였다. 트립의 남동생 행크 퀴니 또한 PGA 투어에서 가장 긴 드라이버 샷을 치는 프로 골퍼가 되었다. 타이거는 18홀 라운드 중

6홀에서 졌고, 남은 12홀 중에서 5홀을 이겼다. 126미터 거리의 파3홀인 17번 홀에서 매치의 서른다섯 번째 타이거는 소프트웨지 샷을 쳤다. 골프공은 물을 막는 칸막이벽 20센티미터 앞에서 멈췄다. 그는 약 4.2미터 거리의 퍼팅을 성공시켰고, 대회의 마지막 홀인 18번 홀에서 트립을 이겼다. 그리고 아마추어 대회 역사상 최연소 우승자가 되었다.

그의 승리는 국가적인 관심을 불러일으켰다. 타이거는 당시 대통령이던 빌 클린턴뿐만 아니라 게리 플레이어, 제시 잭슨, 연예인 신바드로부터 편지를 받았다. 제이 레노와 데이비드 레터맨은 타이거를 자신의 프로그램에 출연시키고 싶어 했다. 또한 타이거가 아마추어 대회에서 리복의 골프화를 신고 있었다는 사실을 신경 쓰지 않았던 나이키 회장 필 나이트로부터 축하 편지를 받기도 했다.

1995년도
US 아마추어 대회

1995년은 미국골프협회 100주년을 기념하는 해였다. 그리고 US 아마추어 대회는 미국골프협회 창립 회원 클럽 중 하나로, 첫 번째 아마추어 대회 개최지였던 로드아일랜드에 있는 뉴포트 골프클럽에서 열렸다. 여태껏 오직 8명의 선수들만이 아마추어 대회에서 2년 연속으로 우승했었다. 이러한 사실은 전년도 아마추어 챔피언인 타이거에게 특별한 자극이 되었다. 타이거에게 이 토너먼트는 또 다른 목표를 나타냈다. 5년 연속 미국골프협회 챔피언십에서 우승하는 것과 바비 존스보다 더 많은 우승을 차지하는 것이 그의 또 다른 목표였다.

타이거가 퍼팅을 더 잘했더라면 더 좋은 점수를 얻을 수도 있었던 68타의 첫 라운드 이후, 두 번째 라운드에서 75타를 쳤다. 타이거는 매치 플레이 시합을 할 64명의 선수 안에 들어가지 못할 뻔했다. 그리고 준결승에서 타이거는 어려운 상대인 마크 플러머를 만났다. 아마추어 시합은 잘 지도받은 대학 선수, 이례적으로 자신의 아마추어 지위를 다시 얻은 전직 프로 골퍼, 독학하며 배운 골퍼, 골프장보다 화려하지 않은 학교에서 골프를 배운 골퍼 등 다양한 출신 골퍼들이 섞여 있었다. 43살의 플러머는 NBC 해설자가 '오직 어머니만이 사랑할 수 있는…'이라고 표현한 골프 스윙을 가지고 있었다. 그는 PGA 회원증을 얻는데 실패하고 다시 아마추어 지위를 얻었다. 하지만 골프장에서 종횡무진하던 그의 초인적인 능력에도 불구하고 원퍼트 그린에서 8타를 기록했다. 반면 타이거는 18번 홀에서 2점을 앞서며 준결승 매치에서 이겼다.

조지 버디 마르투치는 파이널 매치에서 타이거와 경쟁했다. 43살의 마르투치는 메르세데스 벤츠 판매업자였으며, 가장 배타적인 미국 컨트리클럽으로 알려진 파인밸리, 메리온, 세미놀의 회원이었다. 그는 매치 플레이 경험이 많은 선수였다. 그러나 타이거는 그의 명성에 위축되지 않았다. 오전의 18홀 이후에 타이거는 2점 차로 뒤지고 있었다. 점심을 먹고 경기를 다시 시작해서 26번 홀까지 타이거가 앞섰다. 마르투치는 29번 홀에서 타이거와 동점을 만들었다. 우즈는 마지막 36번 홀에서 다시 1점을 앞섰다. 마르투치는 어프로치 샷을 쳤고, 그의 골프공은 홀에서 6미터쯤 떨어진 곳에 떨어졌다. 어린 타이거는 엄청난 심리적 압박을 이겨 내고 그의 성장에서 잊히지 않을 전설적인 샷을 쳤다.

아마추어 대회 전, 언론은 마스터스 대회에서의 좋지 않은 성적을 이유로 타이거를 비판했다. 타이거는 놀라운 드라이버 샷으로 모두에게 깊은 인상을 주었지만, 어프로치 샷의 거리를 통제할 수 없었다는 데 모두 동의했다. 당시 타이거는 기교가 부족했다. 전문가들의 비판에 대한 답으로, 또한 자신의 경기 능력을 향상시키려는 욕심으로 타이거는 많은 시간 동안 아이언 샷의 거리를 통제하는 연습을 했다.

US 아마추어 대회 마지막 홀에서 직면한 128미터 코스는 그동안 꾸준히 연습해 오던 아이언 샷이 필요한 순간이었다. 극심한 압박감 아래 골프공을 쳐야 할 시간이 되었다. 타이거는 해냈다. 그가 8번 아이언으로 친 공은 미풍을 타고 떠올라 그가 계산했던 것보다 홀에서 45센티미터가량 먼 곳에 떨어졌다. 타이거는 퍼팅을 했고, 매치는 타이거의 우승으로 끝났다.

타이거의 마지막 아마추어 대회

아마추어 대회 역사상 그 누구도 3년 연속으로 챔피언십에서 우승한 적이 없었다. 바비 존스는 아마추어 선수 활동 기간에 아마추어 대회에서 모두 다섯 차례 우승했지만, 3년 연속으로 우승한 적은 없었다. 1996년도 US 아마추어 대회 개최지인 오리건 주 펌킨리지의 고스트크릭 코스에서 타이거가 골프 역사를 다시 쓰려고 준비하고 있을 때, 모든 사람들이 그에게 주목했다.

타이거의 어머니가 아마추어 대회에서 우승하는 타이거를 보러 온 것은 이번이 처음이었다. 많은 군중들이 올 것을 예상한 대회 경기위원들은 쿨티다가 아들의 시합을 볼 수 있도록 로프

안으로 들어가는 것을 허락해 주었다. 타이거가 아마추어 선수로 활동하면서 미국골프협회와 아주 좋은 관계를 유지해 왔던 덕분이었다.

일찍이 1896년에 시어도어 해브메이어가 미국프로골프협회 협회장이었을 때, 그는 흑인 선수들이 시합에 참가할 수 있어야 한다고 주장했다. 미국골프협회는 골프에서 소수자의 권리를 옹호했다. 타이거가 주니어 선수로 활동할 때, 미국골프협회는 아이와 부모가 함께 주니어 시합을 다니는 동안 드는 여비 문제와 아마추어 지위를 존속시키는 문제에 대한 제한을 완화했다. 어떤 비판가들은 타이거 우즈를 더 많은 대회에 참가시키기 위해 이런 변화가 있었다고 말했지만, 미국골프협회는 이를 부인했다.

미리 결정되었던 아마추어 대회 개최일이 바뀌고 얼과 타이거 모두 공지를 받지 못하는 상황이 발생했을 때, 얼은 미리 구입해 두었던 항공 티켓의 날짜를 변경하면서 추가로 300달러를 내야만 했다. 얼은 짜증이 났다. 그러나 이제 더 이상 얼과 타이거가 항공 티켓의 가격이나 어떤 다른 비용들에 관해 걱정하는 일은 없을 것이다. 이 대회가 타이거의 마지막 아마추어 시합이기 때문이다.

64석의 매치 플레이 자리에 올라가기 위한 예선전에서 311명의 골퍼들이 참가했다. 타이거는 69타와 67타를 쳤고, 메달리스트 스크래치 플레이에서 점수가 가장 적은 사람에게 주어지는 호칭였다. 55년 전에 메달리스트가 아마추어 챔피언십에서 우승한 적이 있었다. 최근 10년 동안은 오직 필 미켈슨만이 메달리스트로서 1990년도 아마추어 챔피언십에서 우승했다.

타이거 우즈가 자신과 같은 나이대의 젊은 남자들과 비슷한 음식을 먹었다는 사실은 잘 기록되어 있다. 그는 과일과 채소는 그다지 즐겨 먹지 않았다. 오리건 주에서 자신의 호텔로 돌아가면서 타이거는 밤마다 패스트푸드점인 맥도날드에 들르곤 했다. 그를 알아본 맥도날드 직원은 모든 손님들이 볼 수 있게 하려고 타이거의 사진을 걸고, 그가 매일 사 먹는 빅맥과 에그맥머핀을 명부에 써넣기 시작했다.

타이거는 대회 첫 번째 매치에서 J.D. 매닝을 만났다. 매닝은 콜로라도 주립대학교 4학년이었다. 타이거는 처음부터 끝까지 매치를 잘 이끌었고, 8번 홀에서 그가 만들어 낸 샷은 단연코 하이라이트였다. 타이거의 골프공이 그린 위 깃발에 바싹 붙어 가장자리에 떨어져 있었다. 사실상 공에 퍼터를 대는 것조차 불가능해 보였다. 여기서 타이거는 필요에 따라 샷을 만들어 내는 자신의 능력을 분명하게 드러냈다. 그는 골프공을 높이 쳐올리는 피칭웨지를 선택했고, 골프채의 바닥으로 골프공의 중앙을 쳤다. 골프공은 홀 속으로 들어갔다. 타이거는 3대2로 매닝을 이겼다.

다음 상대는 코네티컷 주 밀포드 출신의 아마추어 챔피언 제리 쿠빌이었다. 그는 37살로 피트니보우스에서 코디네이터로 일하며 메트로폴리탄골프협회 Metropolitan Golf Association, MGA와 미국골프협회의 시합들에서 아마추어골프 타이틀을 차지했다. 타이거의 많은 다른 상대처럼, 매치 경험이 많은 쿠빌에 비해 경험이 적은 타이거는 불리했다. 하지만 우즈는 마지막 9개 홀에서 버디 6개를 잡으며 4대3으로 쿠빌을 이겼다.

다음 매치에서 타이거는 처음으로 자신보다 더 어린 상대인 14살의 찰스 하웰과 대결했다. 찰스 하웰의 활동 기간은 짧았지만, 얼 우즈는 그가 타이거의 주니어 아마추어 기록들에 필적할 만한 능력을 가졌다고 말했다. 경기 결과 타이거는 3대1로 이겼다. 매치가 끝난 후, 하웰은 10대8(18홀 매치에서 가능한 패배의 최대 점수 차이)로 진 것이 아니기 때문에 괜찮은 성적이었다고 대답했다. 찰스 하웰은 아마추어 대회에서 우승한 적이 없었다. 하지만 그는 프로로 전향했고, 지금까지 PGA 투어에서 세 차례 우승을 차지했다.

8강 매치에서는 루이지애나 주립대학교 2학년인 D.A. 포인츠가 타이거의 상대가 되었다. 12번 홀은 그린이 연못 가까이 위험하게 깎여 있는 파3홀이었다. 포인츠는 안전하게 그린의 넓은 부분을 공략해 샷을 쳤다. 타이거는 홀을 겨냥해서 샷을 쳤고, 그의 골프공은 홀에서 1.2미터 거리의 퍼팅을 남기며 그린 위로 올라갔다. 타이거는 결국 3대2로 포인츠를 이겼다. 이 승리로 타이거는 스탠포드 대학팀 동료이자 친구인 조엘 크리블과 준결승에서 맞붙었다.

크리블은 확실히 타이거에 대한 두려움이 없었다. 크리블은 여름 동안 좋은 성적을 냈다. 또한 명성 있는 아마추어 대회인 웨스턴 아마추어 선수권 대회와 퍼시픽노스웨스트 아마추어 대회에서 우승했다. 그와 타이거는 같은 대학팀에서 경쟁했고, 대학교에서 골프 투어를 할 때 함께 방을 쓰기도 했다. 그들은 경기장 밖에서 친구로 지냈지만, 타이거는 대회에 집중하기 위해 매치 상대로 만난 그를 모르는 척했다. 경기가 끝난 후, 스탠포드 대학팀 동료 선수들은 타이거의 이런 행동이 자신들을 불편하게 했다고 증언했다. 그러나 그들 모두 타이거의 이런 면이 그가 우승할 수 있었던 이유라는 데 동의했다.

경기 초반, 크리블은 타이거의 경기 집중력에 동요하지 않는 듯한 모습을 보였다. 그는 첫 홀에서 버디를 했다. 10개의 홀에서 타이거를 2점 앞서고 있었다. 하지만 그는 끝까지 버틸 수가 없었다. 타이거는 보기를 하지 않았다. 사실상 타이거는 대회 동안 116홀에서 보기 없이 여기까지 왔다. 타이거는 우수한 경기를 펼쳤고, 크리블은 그를 뛰어넘을 수 없었다. 타이거는 매치를 장악할 수 있었다. 크리블이 14번 홀에서 간신히 버디를 만들며 분위기를 바꾸려 했지만, 타이거는 이글을 만들며 응수했다. 타이거 우즈는 자신의 대학팀 동료를 3대1로 이기고 역사적인 마지막 관문을 향해 나아갔다.

이때까지 US 아마추어 대회의 결승전은 인기 있는 중계방송으로 취급되지 않았다. 1981년도 아마추어 대회 결승전에서 빙크로스비의 아들 나다니엘이 브라이언 언들리를 이긴 적이 있었다. 이때 당시 아마추어 대회는 국민의 관심을 약간 끌었었다. 일반적으로 아마추어 대회는 열렬한 골프팬만을 위해 방송되었고, US 아마추어 대회는 시청률이 훨씬 더 높은 US 오픈 대회의 방송 권리에 포함된 패키지 중 하나에 불과했다.

타이거의 결승 상대는 스티브 스캇이었다. 그는 자신이 전국 방송에 나가고 있다는 것을 갑자기 깨달은 19살의 플로리다 대학교 2학년생이었다. 스티브 스캇의 여자 친구 크리스티 홈멜이 캐디 역할을 하고 있었다. 한쪽에서 타이거 우즈는 부치 하먼을 포함한 타이거 팀과 함께 티에서 스윙을 연습하고 있었고, 다른 한쪽에서는 스캇의 여자 친구가 남자 친구의 목을 마사지하고 있었다. 커다란 도전에 맞서는 이 커플을 응원하는 사람들이 많았다.

스티브 스캇이라는 다윗은 타이거 우즈라는 골리앗에게 도전했다. 도전자는 오전 18홀 이후, 5개 홀에서 이겼다. 스캇은 부담감을 떨쳐 버리고, 우승을 위해 기적적인 샷을 계속해 나갔다. 17번 홀에 와서 타이거는 스캇에게 1점 차로 뒤지고 있었다. 타이거는 헤아릴 수 없는 엄청난 압박에도 불구하고, 승부를 원점으로 만드는 퍼팅을 성공시켰다. 18번 홀에서 두 선수 모두 파를 쳤다. 그들의 매치는 플레이오프로 연장되었다. 37번 홀에서 그

들은 다시 한 번 파로 동점을 기록했다. 그리고 다음 홀에서 스
캇은 실수로 1.8미터 거리의 퍼팅을 놓치고 보기를 범했다. 타이
거는 짧은 파 퍼팅을 성공시키며 우승을 차지했다.

타이거의 기록적인 성적에 대한 관심과 더불어 이 대회가 타
이거의 마지막 아마추어 시합이 될 것인지에 더 많은 관심이 모
아졌다. 이 무렵 타이거 우즈가 대학교를 그만두고 프로로 전향
할 계획을 갖고 있다는 소문이 퍼졌다. 우선 그가 프로로 전향할
지에 대해 알아보기 전에, 대학 모집 과정에서부터 스탠포드 대
학교에서 보낸 2년의 시간이 그에게 어떤 영향을 주었는지 검토
해 볼 필요가 있다.

스탠포드 대학교에서의
골프 활동

타이거 우즈는 고등학교에서 좋
은 성적을 유지했고, 자신이 원
하는 대학교는 어디라도 갈 수 있었다. 그는 우수한 학업 성적과
골프 실력을 갖고 있을 뿐만 아니라 전국우등생연합의 회원이었
다. 그는 수많은 대학으로부터 입학 권유를 받았다. 마지막에 네
바다 주립대학교 라스베이거스 캠퍼스와 스탠포드 대학교로 선
택의 폭을 줄였다.

스탠포드 대학교의 골프 코치 월리 굿윈은 타이거가 고등학생이 되기도 전에 연락해서 스탠포드 대학교에 있는 골프 프로그램에 대해 소개해 준 적이 있었다. 스탠포드 대학교는 운동에 있어서 일류라는 명성 이외에도, 미국 대학교 중에서 최고의 명문에 속한다. 또한 스탠포드 대학교는 운동선수 졸업률이 높은 대학교에 매년 속했다. 이런 요인들은 타이거와 얼뿐만 아니라, 아들이 대학교를 졸업하는 것을 매우 바랐던 쿨티다에게도 중요했다. 쿨티다는 타이거가 웨스턴 고등학교를 졸업할 무렵에 스탠포드 대학교를 선택하는 데 가장 큰 영향을 끼쳤다.

스탠포드 대학교에 입학하기 전부터 이미 US 아마추어 대회에서 우승했던 타이거는 유명인사였다. 하지만 스탠포드 대학교에는 타이거 우즈 이외에도 재능 있는 학생들이 많이 있었다. 타이거와 함께 수업을 듣던 학생 중에는 오랫동안 방영되었던 텔레비전 드라마 '케빈은 12살'에 출연했던 배우 프레드 세비지와 올림픽 체조 선수 도미니크 도스도 있었다. 마찬가지로 타이거의 골프팀에도 재능 있는 골퍼들이 있었다. 케이시 마틴과 노타 비게이는 실력 있는 골퍼였고, 두 사람 모두 골퍼로서 명성을 얻었다.

케이시 마틴은 타이거의 선배였다. 마틴은 오리건 주에서 17개의 주니어 타이틀을 획득했다. 그는 클리펠 트라우니 웨버 증후군을 겪고 있었는데, 이 희귀한 순환상의 질병은 걷는 것을 힘들게 만들었다. 스탠포드 대학교를 졸업하고, 마틴은 프로골프 선수로 활동하길 원했다. 그러나 대회에서 골프 카트를 타는 것은 규정에 어긋났기 때문에, 그는 PGA 투어나 미국골프협회 대회에 참가할 수 없었다. 마틴은 대회 규정에 소송을 제기했다. 소송은 최후에 미국 대법원에 맡겨졌고, 2001년 대법원은 7대2로 그의 이의 제기에 힘을 싣는 판결을 내렸다. 마틴은 PGA 투어에서 골프 카트를 사용하는 것을 허락받았다. 그는 PGA 투어에 참가하지 못했던 선수들이 주로 참가하는 소규모 대회로 이루어진 내션와이드 투어에서 좋은 성적을 거두기도 했다.

노타 비게이의 혈통 절반은 나바호족이고, 나머지는 산펠리페와 이슬레타이다. 그는 PGA 투어에서 순조롭게 출발하며 네 차례 우승을 맛본 가장 성공한 미국 인디언 골퍼였다. 그러나 2000년 1월, 비게이는 음주운전을 한 혐의로 체포되었고 그 사실을 시인했다. 그 후 그는 자신의 문제에 대해서 공개적으로 이야기했다.

타이거는 스탠포드 대학교에 입학했을 때 이미 전례 없는 성공을 거뒀음에도 불구하고, 여느 신입생들처럼 평범한 대학 생활을 했다. 그는 대학 골프팀 선배들 뒤로 물러나 있었고, 다른 지역의 대회에 출전하며 호텔의 접이식 침대에서 잠을 잤다. 타이거는 시그마 치 사교클럽 Sigma Chi, 각 대학교에 지부를 둔 큰 규모의 국제 남학생 사교 동아리에 가입했고, 평범한 파티에도 참여했다. 타이거는 스탠포드 재학생들과 섞여 유명세를 피하기도 했다. 사교클럽의 어떤 회원은 "타이거 우즈는 역사상 가장 위대한 골퍼일 거예요. 하지만 그는 최악의 댄서였어요"라고 인터뷰한 적도 있었다.

스탠포드 대학교 신입생들에게는 룸메이트가 임의로 배정된다. 타이거의 룸메이트는 골프에 대해 전혀 알지 못했다. 한번은 그의 룸메이트가 이상한 억양의 남자로부터 전화가 왔었다고 타이거에게 말해 주었다. 나중에 그 전화는 호주 출신의 그렉 노먼이 어거스타 내셔널 골프클럽에서 연습 라운드 약속을 정하려고 한 전화로 밝혀졌다.

처음부터 타이거는 대학 시합에서 위축되지 않았다는 걸 보여주었다. 타이거는 자신이 합류했던 첫 번째 대학 골프 대회 윌리엄 터커 인비테이셔널에서 우승했고, 미국대학체육협회 챔피언십에서 5위를 했다. 그는 올해의 스탠포드 신입생으로 지명되었다. 또한 잡지 《골프 위크》에서 타이거 우즈를 시즌 미국 대표 골프 선수 일군으로 지정했다. 그 후 그는 미국 대표 선수 일군에 지명되었다. 타이거의 대학 골프 활동에서 가장 만족스러운 우승은 앨라배마에 위치한 숄 크리크 골프장에서 열린 제리 페이트 인비테이셔널 대회 우승일 것이다.

숄 크리크 골프클럽은 일찍이 논란의 중심에 있었던 한 가지 사건을 겪었다. 숄 크리크에서 열렸던 1990년도 PGA 챔피언십 하루 전날, 골프클럽의 회장 홀 톰슨은 숄 크리크 골프클럽에 흑인 회원은 없으며 앞으로도 없을 것이라고 언급했다. 그 당시 타이거는 15살이었는데, 이런 논란에 대해 잘 알지 못했다. 하지만 대학교 신입생이 되었을 때, 타이거는 인종적 포용력을 보여 주기 위해 숄 크리크 골프클럽에서 열리는 대회에서 우승해야만 한다는 걸 이해했다. 역설적으로 흑인 단체들은 타이거가 숄 크리크 골프클럽에서 열리는 대회에 참가하는 데 반발했다. 그들은 겉으로만 흑인 회원을 허가했던 인종차별적인 골프클럽에서 열리는 대회 참가를 거부하라고 주장했다. 그러나 타이거는 그 대회에 출전하며 67타를 쳐서 2타 차이로 우승했다. 타이거 우즈는 골프 코스에서 외부의 방해에 완전히 벗어나 집중할 수 있음을 증명해 보였다.

역대 골프 선수 중 오직 잭 니클라우스와 필 미켈슨만이 US 아마추어 대회와 미국대학체육협회 챔피언십에서 모두 우승했다. 게다가 필 미켈슨은 같은 해에 두 대회 모두 우승했다. 타이거도 이것을 목표로 하고 있었다. 하지만 1995년 봄에 입은 부상 때문에 평상시와 같은 연습을 충분히 하지 못했다. 미국대학체육협회 챔피언십에서 타이거는 자신의 최고 기량을 펼치지 못했고 5위에 그쳤다. 그가 4년 동안 대학을 다닐 것을 가정하면, 아마추어와 미국대학체육협회 우승자로서 잭 니클라우스, 필 미켈슨과 함께 이름을 올릴 수 있는 기회가 아직 3번 더 남은 셈이었다.

대학교 2학년 때에 타이거 우즈는 자신이 미국 최고의 아마추어였다는 사실을 확인했다. 대학 골프 대회는 Pac-10 챔피언십, 미국대학체육협회 지역 대회, 미국대학체육협회 챔피언십이 있다. 세 대회 모두 타이거가 경기를 해 봤던 매우 익숙한 골프장에서 열렸다.

Pac-10 챔피언십은 그의 골프 인생 최고의 날 중 하나였다.

오전 18홀 라운드에서 타이거는 골프 코스 기록뿐만 아니라 Pac-10 기록을 갱신했다. 그리고 타이거가 61타를 쳤을 때, 미국대학체육협회 기록도 갱신되었다. 30도가 넘는 더위 속에서 타이거는 65타를 쳤고, 개인 타이틀을 획득했으며, 스탠포드 대학교는 전체 8위를 했다.

하지만 대학 골프에서 타이거의 정점은 테네시에 있는 아너스 코스에서 열린 미국대학체육협회 챔피언십이었다. 타이거가 첫 라운드에서 69타를 치고 난 후, 애리조나 주립대학교의 팻 페레즈가 68타를 쳐서 코스 기록을 깨뜨렸다. 그리고 그날이 끝날 무렵 타이거가 그를 5타 차이로 앞서며 67타를 쳤고, 다시 팻 페레즈의 기록은 깨졌다. 타이거는 세 번째 라운드에서 69타를 쳤고, 그는 9타 차이로 앞섰다. 대회 마지막 날은 주춤하며 80타를 쳤지만, 타이거는 4타 차이로 개인 타이틀을 차지했다.

타이거 우즈는 미국 대표 대학 골프팀에 매번 선정되는 것뿐만 아니라, 잭 니클라우스 시상식에서 올해의 최우수 남자 대학교 골프 선수상을 수상했고, 프레드 헤스킨스 시상식과 Pac-10 올해의 골프 선수상을 수상했다.

미국대학체육협회와의
오랜 갈등

그러나 타이거 우즈가 스탠포드 대학교에서 좋은 경험만 쌓았던 것은 아니었다. 캠퍼스 파티에서 돌아오던 밤, 타이거는 칼을 든 한 남자에게 습격을 당했다. 그 남자는 금시계를 빼앗고, 칼의 손잡이로 타이거를 가격했다. 크게 다쳤던 것은 아니었지만, 그 남자가 타이거를 공격하는 동안 그의 이름을 불렀다는 사실이 타이거와 얼을 불안하게 만들었다. 게다가 타이거는 이상한 편지를 자주 받았다.

그가 팀 동료에게 보여 주었던 익명의 한 편지에는 '깜둥이를 정글 밖으로 데려갈 수는 있겠지만, 깜둥이는 정글을 벗어날 수 없다'라는 내용이 담겨 있었다. 이런 편지는 다른 스포츠에서 흑인 운동선수들이 대중에게 받아들여지고 있지만, 골프에 있어서는 흑인 선수가 받아들여지지 않았다는 사실을 보여 준다.

또한 스탠포드 대학교 운동 경기 관리부의 태만함 때문에 타이거와 얼은 미국대학체육협회와 계속 마찰을 빚었다. 앞에서도 언급했듯이, 타이거가 스탠포드 대학교에 입학하기 2년 전에 그는 빅캐니언 골프클럽으로부터 명예회원직을 제의받았다. 그때 미국대학체육협회는 명예회원 제안을 허락할 수 없다고 말했다가 나중에 말을 바꾸었다. 또한 타이거가 아놀드 파머와 저녁 식사를 한 것과 관련된 또 다른 사건은 우즈 가족과 미국대학체육협회 간의 관계를 더욱 악화시켰다.

플로리다에 위치한 아놀드 파머의 베이힐 골프장에서 타이거가 1991년도 주니어 아마추어 챔피언 타이틀을 획득했을 때, 타이거는 아놀드 파머와 만남을 가졌다. 그들은 수년간 메일과 전화로 연락을 주고받았다. 그러다 아놀드 파머가 캘리포니아에서 열린 시니어 대회에 참가했을 때, 타이거는 그에게 연락해 만날 수 있을지 물었다. 타이거는 아놀드 파머에게 골프에 대한 조언을 얻으려고 했다. 결국 타이거가 나파밸리로 가서 파머와 저녁 식사를 함께하기로 약속을 정했다.

그 후 그들은 만나서 저녁을 먹었다. 그리고 아놀드 파머는 자신과 유사하게 골프 활동을 해 나가고 있는 타이거에게 귀중한 조언을 해 주었다. 식사 후 계산서가 나왔을 때, 타이거는 자신의 몫을 지불하려고 했지만 파머가 모두 계산을 했다.

다음날, 타이거 우즈와 아놀드 파머의 저녁 식사가 미국대학체육협회 규정을 위반했을 가능성이 있다고 지적하는 기사가 신문에 났다. 타이거는 그 신문을 보자마자 몹시 큰 충격을 받았다. 미국대학체육협회는 이 사안에 대해 타이거 우즈의 처벌을 아직 결정하지 않았지만, 스탠포드 대학교 코치 월리 굿윈은 타이거의 대회 출전을 정지시켰다.

얼과 쿨티다 모두 당황스러웠고 분노했다. 타이거의 부모는 타이거와 아놀드 파머가 식사 시간을 가진 이유에 대해 알려고도 하지 않는 코치를 이상하게 여겼다. 아무런 조치도 취하지 않는 스탠포드 대학교 특별 감사 책임자 때문에 타이거의 부모는 미국대학체육협회와 직접적으로 이야기를 할 수 없었고, 상황은 해결되지 않았다.

쿨티다는 결국 언론 관계자에게 무슨 일이 있었는지 설명했다. 그 후 정확한 이유는 밝혀지지 않았지만 미국대학체육협회는 타이거 우즈가 이전부터 아놀드 파머와 알고 지냈던 사이였기 때문에 처벌되지 않을 것이라고 결정했다. 얼은 왜 이런 결정이 타이거가 대학팀에서 출전 정지를 당하기 전에 내려지지 않았는지 의문스러웠다.

타이거는 주니어 선수로 활동하면서 골프 시설을 이용하거나 강습을 받을 수 없는 지역 아이들을 위해 아버지와 함께 정기적으로 골프 강습을 해 왔다. 하지만 타이거가 미국대학체육협회의 통제 아래 있었을 때, 협회는 스탠포드 대학교에서 48킬로미터 이상 떨어진 곳에서 우즈가 하는 개인 골프 강습을 금지했다. 얼우즈는 자신의 자서전에서 미국대학체육협회의 이런 규정은 마차로 여행하던 시절에나 만들어졌을 법한 규정이라며 맹비난했다. 결국 타이거는 개인적으로 골프 강습을 할 수는 없었지만, 스탠포드 대학교 골프팀과 함께 여러 가지 골프 클리닉을 열었다.

또한 타이거 우즈는 1995년도 마스터스 대회에서 아마추어로서 느꼈던 경험을 자세히 썼다. 그의 글은 잡지 《골프 위크》와 《골프 월드》에 실렸다. 타이거는 자신이 쓴 글에 어떤 대가나 보수를 받지 않았지만, 스탠포드 대학교는 그를 하루 동안 출전 정지시켰다.

타이거가 스탠포드 대학교에 재학 중일 때, 얼은 자신의 첫 번째 책《타이거 우즈》를 쓰기 시작했다. 얼은 책의 출판과 홍보에 타이거가 어떤 활동을 할 수 있는지 알아보기 위해 미국대학체육협회와 미국골프협회에 연락을 시도했다.

미국골프협회는 타이거 우즈가 아마추어 지위를 계속 유지하려면, 그의 사진이 책 속에는 등장할 수 있어도 표지에는 등장하면 안 된다고 답변했다. 또한 서문을 쓸 수는 있어도 책 홍보 행사에는 참여할 수 없다고 통보했다. 미국대학체육협회는 직접적으로 얼과 의사소통을 하지 않았지만, 스탠포드 대학교 특별

감사 책임자를 통해 미국골프협회와 비슷한 내용을 알려 왔다. 얼은 미국대학체육협회와 미국골프협회가 타이거를 프로로 전향시키려고 자신들의 권한을 남용한다고 생각했다.

타이거의 부모는 미국대학체육협회의 회원 제도와 그들의 권한에 이의를 제기했다. 미국대학체육협회는 곧 일련의 개정을 시행했다. 미국대학체육협회는 선수가 속한 지역에서 회원 제도를 관리하도록 더 많은 권한을 주겠다고 발표했다. 그러나 대학연합의 운동 경기는 재정적으로 자유롭지 못했기 때문에, 조직 내에서 단순한 조정이 문제를 완전히 해결하지는 못했다. 대학연합 운동 경기를 통해 대학 기관은 거대한 재정적 수익을 거뒀다. 그러나 조직을 변화시키기 위한 장려금은 거의 없었다. 솔직하게 말하자면 대학생 운동선수들은 대학 홍보와 성장을 위한 수단에 불과했다. 대학의 편의시설들은 특별한 학생 학교로 돌아온 나이가 많은 여성들, 학습장애가 있는 학생들, 신체적 장애가 있는 학생들들을 위해 만들어졌고, 운동선수들을 위한 특별한 편의시설은 없었다. 또한 그들은 스포츠 시즌이 아닐 때만 수업을 들을 수 있었다.

다른 관점에서 살펴보자면, 일반적인 아마추어 운동 경기에서 발생하지 않을 특이한 상황을 타이거 우즈는 많이 겪어야 했다. 이전에는 타이거 우즈와 같은 관심과 상업적 가능성을 가지고 있던 아마추어 선수가 없었다. 비록 얼의 불만은 정당한 것이었지만 아마추어 지위를 결정하는 두 단체들은 사실상 그동안 겪지 않았던 사항을 다뤄야만 했다. 또한 얼 우즈가 스포츠스타 에이전시 IMG에서 유망한 주니어 골퍼를 스카우트하는 일을 했던 사실은 두 단체와의 관계에 도움이 되지 않았다.

부담스러운 프로 골퍼의 세계

1996년 여름, 타이거 우즈는 프로골프에서 경기할 준비가 되었다. 비록 그가 아마추어 선수로서 어떠한 프로 대회에서도 경쟁하지 않았지만, 그는 신체적으로 성숙했고 골프와 관련된 일에 대해서 감정적으로도 치열한 경쟁을 할 준비가 되었다. 하지만 타이거의 부모 모두 그가 대학교를 졸업하기를 원했다. 그들의 가족은 교육의 가치를 중요시했기 때문이었다. 타이거 우즈의 코치 부치 하먼도 이런 시기에 타이거가 프로로 전향하는 것에 반대했다. 하먼은 타이거에게 일생 단 한 번뿐인 대학에서 즐거운 시간을 보내야 한다고 말했다.

하지만 타이거는 이미 스탠포드에서 자신의 날들을 즐겼다.

그는 팀 동료들과 우정을 나눴고, 충분히 대학 캠퍼스에서의 공부와 사회생활 모두를 열심히 했다. 타이거는 지난 1년간 대학 팀 동료들에게 프로로의 전향 가능성에 대해서 말했다. 하지만 미래 계획에 대해서는 말하지 않았다. 그가 대학교를 졸업할 것인지 아닌지에 대해 속단하기는 어려웠다.

타이거의 부모는 그가 만약 스탠포드를 떠나더라도 언젠가 대학교를 졸업하겠다는 약속을 하도록 했다. 잭 니클라우스는 프로가 되기 위해 오하이오 주립대학교를 떠난 후, 다시 대학으로 돌아가 졸업하지 않았다. 타이거가 끊임없이 자신을 잭 니클라우스와 비교하고 있었기 때문에, 이런 사실은 그의 최종 결정에 영향을 미쳤다. 잭 니클라우스는 타이거를 '넥스트 잭 니클라우스'가 될 거라고 장담했다. 그러나 그의 예언은 타이거에게 오히려 부담감만 줄 수도 있었다. 어쨌든 타이거 우즈가 최초의 '넥스트 잭 니클라우스'로 불렸던 것은 아니었다. 과대 선전에 결코 부흥하지 못했던 장래성 있는 젊은 골퍼들이 그전에도 많이 있었다. 그들 중에는 톰 와이스코프와 앤디 빈이 있다.

1996년도 브리티시 오픈에서 타이거는 성적으로 자신이 프로로의 변화를 이행할 준비가 되었다는 것을 보여 주었다. 그는 대회 첫날 75타를 쳤다. 이때 잭 니클라우스는 타이거에게 감명을 주었던 진지한 충고를 해 주었다. 잭 니클라우스는 대회 첫째 날과 같은 집중력을 대회 마지막 순간까지 유지하라고 조언했다. 대회는 첫째 날에 우승이 결정되는 것이 아니다. 오히려 우승 기회를 잃게 할 수 있다.

돌이켜 보면 프로가 되겠다는 타이거의 결심은 이전부터 예상되었던 것처럼 보였지만, 아마추어로서 참가했던 17개 프로 대회에서 오직 7개만을 통과했다. 타이거는 자신이 프로로의 전향에 성공할 수 있을지 의문을 가졌다. 그러나 에이전트와 기업 스폰서들 사이에서는 그런 의심이 없었다. 타이거의 주니어 활동 초기에 IMG는 타이거에게 관심을 보였었다. 그 무렵에 얼 우즈는 IMG에서 잠재적인 재능을 갖고 있는 주니어 골퍼를 스카우트하는 일을 하고 있었다. 냉소적인 관점에서 보자면, IMG와 얼 우즈의 관계는 타이거 우즈와의 계약을 노렸던 IMG의 조기 포섭으로 간주할 수 있을지도 모른다. 휴즈 노튼은 IMG의 주역 중 한 사람이었다. 그리고 곧 얼과 친구가 되었다.

1996년도 아마추어 대회에서 우승한 후, 타이거가 프로로 전향할 것이라는 루머가 돌기 시작했다. 타이거는 밀워키 오픈 개최지인 브라운디어파크 골프 코스에서 열릴 기자 회견에서 공식적으로 발표하려고 했다. 그러나 비밀은 누설되었다. 그가 아마추어로서 참가할 대회는 수요일이었다. 대회가 시작되기 전 화요일에 타이거는 다음과 같은 말과 함께 공식적인 발표를 약속했다.

"저는 지금 여기에 프로 골퍼로의 가능성을 확인하기 위해 섰습니다. 내일 오후 2시 30분의 정해진 기자 회견 때까지 저는 어떤 질문에도 대답하지 않을 것이고, 어떤 언급도 하지 않을 것입니다. 오늘 어떤 방해도 받지 않고 연습하길 원하는 저의 바람을 존중해 주신다면 감사하겠습니다. 내일 모든 질문에 답변하겠습니다."

광고계 최고의 스타, 타이거 우즈

물론 당연하게도 많은 기업들이 자사의 상품을 후원하기 위해 타이거 우즈를 기용하는 것에 관심이 있었다. 잠재적인 계약 규모에 대한 추측들은 1년에 500만 달러의 범주였다. 이후 타이거의 핵심 계약은 750만 달러의 계약 보너스를 포함해 5년간 4천만 달러를 지급하기로 한 나이키와의 계약이었다. 나이키의

CEO 필 나이트는 프로로서 아직 골프공을 쳐 보지도 않았던 골퍼에게 그렇게 많은 돈을 쓰는 이유에 대한 질문을 받았다. 필 나이트는 프로 선수의 후원을 통한 판매 촉진은 굉장한 효과가 있다고 말했다.

타이거는 골프공과 다른 골프 장비들을 제조하는 타이틀리스트와도 후원 계약을 맺었다. 그는 타이틀리스트 골프공과 다른 타이틀리스트 장비인 골프장갑, 골프백 등을 사용하는 계약 조건으로 300만 달러를 받았다. 나중에 타이틀리스트는 골프클럽을 제조하기 시작했고, 타이거가 자사의 골프클럽을 사용하도록 하는 것에 추가적인 대가를 지불했다. 하지만 한동안 타이거는 자신의 아마추어 활동 내내 사용해 왔던 미즈노 아이언을 함께 사용할 수 있었다.

다시 한 번 타이거는 잭 니클라우스를 능가했다. 1961년에 잭 니클라우스가 오하이오 주를 떠나 프로 골퍼가 되었을 때, 그는 골프 용품 회사 맥그리거와 5년간의 계약으로 45만 달러를 받았다. 계약금에는 5년 동안 25만 달러를 받는 것 외에도 계약 보너스 10만 달러, 보증 로열티 10만 달러가 포함되었다. 1996년 화폐 기준으로 평가하면, 잭 니클라우스의 계약금은 1년에 대략 50만 달러였다. 타이거 우즈의 계약금은 1년에 900만 달러에 육박했다. 또한 타이거의 계약금은 스포츠와 골프에 대한 대중의 관심 이런 관심은 주로 텔레비전의 발전으로 초래됐다 이 폭발적으로 증가했다는 것을 나타냈다. ABC 골프 프로듀서 잭 그레이엄은 경쟁 방송사의 PGA 스타 그렉 노먼과 필 미켈슨을 특집으로 한 골프 방송과 맞붙어 타이거가 아마추어 대회에서 기록한 극적인 우승을 방송했다. 방송은 하룻밤 사이에 5.3퍼센트의 시청률을 얻었다.

타이거 우즈와 후원 기업 간의 계약은 타이거를 가장 높은 몸값의 프로 운동선수 가운데 1명으로 만들었다. 타이틀리스트와 후원 계약을 맺기 이전에는 타이거의 몸값은 25위였다. 마이클 조던은 1996년 약 4천만 달러의 계약으로 가장 높은 몸값을 받은 운동선수로 남아 있다.

아마추어 선수에서 한순간 높은 몸값의 프로골프 선수가 된 타이거 우즈와 관련하여 몇 가지 재미난 사건들이 있었다. 일례로 타이거의 당좌에 계좌가 개설되지 않았기 때문에 부치 하먼은 타이거에게 밀워키 오픈 참가비를 빌려 주어야만 했다. 또한 부치 하먼과 타이거 우즈는 쇼핑몰에 옷을 사러 간 적이 있었다. 그때 타이거가 건네 준 신용 카드로 결제를 했는데 제대로 계산이 되지 않았다. 타이거는 또 다른 신용 카드를 판매원에게 건넸다. 그것 역시 결제되지 않았다. 그때 부치 하먼은 타이거에게 카드를 등록했는지 물었다. 그러나 그런 체계를 잘 몰랐던 타이거는 "그게 뭐예요?"라고 되물을 뿐이었다.

밀워키 오픈에서 열릴 예정이었던 기자 회견은 취재 요청이 두 배로 늘어났기 때문에 더 넓은 기자 회견장으로 옮겨야만 했다. 《타임》, 《피플》 잡지사와 방송사 리포터들까지 모두 모였다. 타이거는 성명서를 읽었다.

"…몇 주 전부터 제게 아주 특별한 부모님과 대화를 했습니다. 부모님을 실망스럽게 하는 고통스러운 과정이었습니다. 전 프로 골퍼로 전향하는 것에 고민을 갖고 있었습니다. 그래서 제가 믿고 따를 수 있는 조언과 충고를 해 주는 아주 친한 친구들과 이야기를 했습니다. 그들은 저에게 그들의 생각들을 말해 주었습니다. 부모님과 친구들의 반응은 아주 비슷했습니다. 그들은 저에게 진지한 질문을 했고, 자신들의 의견을 저에게 알려 주었습니다. 열띤 토의 후에 그들은 제가 어떤 결정을 내리더라도 지지하겠다고 말했습니다."

기자 회견 이후에도 언론은 어떠한 언급을 더 갈망하고 있었다. 불행히도 얼 우즈는 남아서 언론의 소원을 들어주었다. 그는 앞으로 타이거의 영향력이 스포츠를 넘어설 것이기 때문에, 타이거는 무하마드 알리나 아서 애쉬와는 비교가 안 된다고 말했다. 또한 타이거가 골프를 치지 않았더라면, 그는 현재 올림픽 챔피언 얼이 마이클 잭슨이라고 언급했던 마이클 존슨을 이길 최고의 400미터 육상 선수가 되었을지도 모른다며 자랑을 늘어놓았다. 마지막에는 타이거의 킬러 본능을 이야기하며, 타이거와 권총을 가진 서부 흑인 악한과의 유사성을 밝혔다. 아들의 업적에 대한 아버지의 자긍심을 제쳐 놓고라도, 얼 우즈의 이런 발언은 이미 동료 프로 선수들로부터 반감을 사고 있는 타이거를 더욱 곤란하게 했다.

동료 프로 선수들이 내린 타이거 우즈의 평판은 엇갈리고 있었다. 일반적으로 인정받는 스타 선수들은 그를 받아들였다. 또한 타이거의 존재가 골프에 대한 대중의 관심을 다시 되살릴 것이고, 결국은 텔레비전 시청률과 상금 규모를 더 올릴 것이라고 인정했다. 반면 유명하지 못한 프로 선수들은 아직까지 프로 투어에서 활동도 하지 않은 한 선수에게 어마어마한 액수의 광고 계약이 되었다는 사실에 분노했다.

모든 언론은 1996년 8월 27일에 타이거 우즈 입에서 나온 말이 즉흥적인 것이 아닌 사전에 철저히 계획된 말이었다고 발표했다. 작가 존 파인스타인은 밀워키에서의 기자 회견 도중 우즈가 한 "음. 안녕, 세상아"라는 말의 돌발성에 의혹을 제기했다. 왜냐하면 기자 회견이 끝난 후 48시간이 채 지나기도 전에 그 대사를 주제로 하고, 타이거 우즈를 주연으로 하는 정교한 광고 캠페인이 만들어졌기 때문이다. 광고 캠페인은《월스트리트저널》3쪽에 걸쳐 타이거의 사진과 함께 특집으로 다뤄졌다.

"제가 8살이었을 때 70대의 타수를 쳤어요. 제가 12살이었을 때 60대의 타수를 쳤죠. 14살 때는 US 주니어 아마추어 챔피언십에서 우승했어요. 16살 때 닛산 LA 오픈에서 경기를 했어요. 19살 때는 US 아마추어 대회에서 우승했어요. 전 3년 연속 US 아마추어에서 우승한 유일한 남자예요. 그러나 아직까지도 미국에는 제가 경기할 수 없는 골프장이 있어요. 피부색 때문이죠. 그들은 저에게 준비가 되지 않았다고 말했어요. 세상은 저를 위해 준비가 되었나요?"

타이거 우즈는 밀워키 오픈에서 세계 프로 랭킹으로의 첫출발을 했다. 타이거는 첫 라운드에서 67타를 쳤고, 두 번째 라운드에서 69타를 쳤다. 그는 선두에게 8타 차로 뒤지고 있었다. 밀워키 오픈 이전 주에 출전했던 대회로 그는 지쳐 있었다. 세 번째 라운드에 73타를 쳤고, 경쟁에서 밀려났다. 그러나 마지막 라운드에서 185미터 거리의 홀인원을 했을 때, 타이거는 PGA 투어에 자신이 몰고 올 돌풍을 예고했다. 그는 마지막 라운드를 68타로 끝냈고, 공동 60위에 올라 상금 2천544달러를 획득했다. 타이거는 자신의 첫 번째 프로골프 대회에 만족했다. 이제 막 4천만 달러의 스폰서 계약을 했지만, 타이거는 온전히 자기 힘으로 벌었던 유일한 돈인 밀워키 오픈 대회의 상금을 소중하게 여겼다.

프로 대회 참가 자격

골퍼에게 PGA 투어 모든 경기에 출전 자격을 얻는 몇 가지 방법이 있다. 타이거 우즈가 PGA 투어 출전 자격을 얻을 것이라는 사실은 분명했지만, 문제는 어떤 방식으로 얼마나 빨리 획득할 것인가였다. 앞에서 언급했듯이 PGA 투어는 비교적 최근에 만들어진 체제였다.

오클랜드힐스 골프클럽의 헤드 프로로서의 일을 그만둔 월터 헤이건이 1919년도 US 오픈에서 우승할 때까지, 누구도 골프 투어에 출전하는 것으로 생계를 유지한다는 생각을 이해하지 못했었다. 사실상 헤이건은 전 세계 곳곳에서 시범 경기를 하는 것으로 돈을 벌었다. 헤이건의 시대에 골프 투어는 적은 상금이 걸린 지방 대회들의 일정으로 이루어져 있었다. 기업의 후원은 거의 없었고, 일반 대중의 관심을 불러일으키는 수단인 텔레비전도 없었다. 그 시대 대부분의 프로 골퍼들은 생계를 위해 골프클럽과 관계를 유지했다. 성공한 골프 선수들은 소속 클럽에서 해야 할 일의 부담이 적었다. 그들이 대회에서 우승함으로써 소속 클럽에 명성을 가져다주었기 때문이다. 재능이 특출하지 않았던 골프 선수들은 클럽 회원들에게 레슨을 하거나 클럽 대회를 운영하고, 골프 장비를 팔면서 클럽 프로로 근무해야만 했다.

초기에는 대회 참가비를 낼 수 있는 사람은 누구나 시합에 참가할 수 있었다. 그러나 오늘날 상황은 급격히 변했다. 골프 대회가 텔레비전으로 방송되고, 1950년대 후반 골프 스타 아놀드 파머가 등장하면서 PGA 투어 대부분 선수들은 오로지 프로골프 대회에 참가하는 것으로 충분히 생계를 유지할 수 있었다.

PGA 투어 참가 자격은 이전과는 달리 자격을 갖추기 위해 노력하는 골퍼에게만 주어졌다.

첫째로, 선수들은 그들의 지방 또는 지역당국 골프 협회에서 개최하는 합법적인 지역 대회에서 적어도 두 차례 이상 우승해야만 한다. 등록비 2천500달러를 지불하면 지역 예선전에 참가할 수 있다. 지역 예선전에서 낮은 타수의 성적을 올린 선수들은 Q 스쿨 결승전으로 올라간다. Q 스쿨 결승전은 총 6개 라운드 108홀로 구성된다. 우선 선수들은 72홀 컷오프에서 살아남아야만 한다. 그러면 타수가 낮은 90명의 선수가 최후의 72홀로 올라간다. 동점자를 포함한 상위 26위 선수까지만 다음 해 PGA 투어에 참가할 수 있는 자격이 주어진다. 27위에서 77위까지의 선수들은 상금과 명성, 텔레비전 보도 기회가 적은 규모의 대회로 구성된 내셔널와이드 투어 출전 자격을 획득한다.

선수들은 Q 스쿨을 통해 1년 동안 출전 자격을 획득한다. 또한 PGA 상금 순위에서 오직 상위 125위의 선수만이 다음 해의 출전권을 획득한다. 만약 선수가 PGA 상금 순위 상위 125위 안에 들어가지 못한다면, 그들은 Q 스쿨로 다시 돌아가야만 한다. 아마도 그 어떤 프로 스포츠보다 까다로운 선수 선발 과정일 것이다. 뿐만 아니라 선수가 투어 카드를 획득했을지라도 수입을 보장하는 것은 아니다.

PGA 투어 참가 자격을 획득하는 또 다른 방법은 스폰서의 추천이다. 만약 선수가 스폰서의 추천을 받고 상위 125위에 들어갈 수 있을 만큼 충분한 상금을 획득한다면, 그 선수는 그해의 투어에 참가할 수 있는 자격을 획득한다. 이 방법은 타이거가 1997년도 PGA 투어에서 출전 자격을 얻기 위해 썼던 것이었다. 모든 대회 감독들이 타이거 우즈를 자신들의 대회에 출전시키고 싶어 했기 때문에 스폰서의 추천을 받는 것은 문제가 아니었다. 그러나 그해 남은 일정에서 그가 출전할 수 있는 대회의 수는 적었기 때문에 상금을 획득할 수 있는 기회는 많지 않았다.

밀워키 오픈에서 공동 60위로 대회를 끝냈을 때, 타이거의 PGA 상금 순위는 334위였다. 그는 1997년 시즌 출전권을 확보하기 위해 25만 달러의 상금을 더 획득해야 했다.

PGA 투어의 다음 대회는 글렌 애비 골프클럽에서 열리는 캐나다 오픈이었다. 비록 캐나다의 전국 챔피언십이지만, 이 대회의 상금은 PGA 상금 순위를 계산할 때 포함된다. 궂은 날씨 때문에 대회는 54홀로 축소되었다. 마지막 날 68타를 쳤던 타이거는 11위로 대회를 마쳤고, 3만 7천500달러의 상금을 획득했다. 이제 그의 상금 순위는 204위였다.

쿼드시티 오픈은 매년 오크우드 컨트리클럽에서 열린다. 4개의 도시 아이오와 주에 있는 데이븐포트와 베텐도르프, 그리고 일리노이 주에 있는 록아일랜드와 몰린가 쿼드시티 오픈 대회를 후원한다. 쿼드시티 오픈 대회 다음은 PGA 투어였다. 쿼드시티 오픈 대회 감독은 타이거가 시합에 출전할 것이라는 사실에 흥분했다. 타이거 우즈는 대회의 모든 티켓을 팔리게 만들었기 때문에 그들은 모두 긴장하고 만반의 준비를 했다.

쿼드시티 오픈 대회 전, 존 파인스타인은 ABC 나이트라인의 포레스트 소여와의 인터뷰에서 얼 우즈를 추락한 테니스 천재 제니퍼 카프리아티의 아버지 스테파노 카프리아티에 비유했다. 파인스타인은 얼이 1988년 이래로 직업을 갖지 않고 아들에게 얹혀살고 있다고 언급했다. 그러나 그의 비난은 몇 가지 사실을 간과했다. 얼 우즈는 뛰어난 군인으로 군대에서의 임무를 완수하고 퇴역했으며, 그는 분명히 자신과 가족을 부양할 능력이 있었다. 이러한 부정적인 이미지의 잡음에도 쿼드시티 오픈은 새로운 골프 슈퍼스타에게 의미 있는 교훈을 남겼다.

타이거 우즈는 세 번째 라운드 이후에 뛰어난 프로 선수 에드 피오리를 1타 차이로 이끌고 있었다. 타이거는 420미터 거리의 파4홀인 4번 홀에서 골프공을 연못 쪽으로 휘게 쳤다. 벌타를 받고 드롭 볼을 하기보다는, 페어웨이 위로 골프공을 올려 보기를 피하려고 애썼다. 타이거는 나무 속 좁은 틈을 통과하는 사실상 불가능한 샷을 만들려고 시도했지만, 골프공은 나무에 부딪혀 늪으로 빠졌다. 다음 라운드에서 타이거는 파4홀에서 이미 2타를 친 상황이었고, 그의 공은 홀에서부터 2.4미터쯤 떨어져 있었다. 그는 2.4미터가량의 퍼팅을 네 차례나 쳤고, 더블보기를 기록했다. 하지만 그는 끝까지 포기하지 않았다. 타이거는 결국 공동 15위로 대회를 마치고, 4만 2천150달러의 상금을 획득해서 PGA 상금 순위 166위에 올랐다.

타이거 우즈는 아마추어 선수 활동에서 많은 우승을 했었음에도 불구하고, PGA 투어 프로 선수들의 높은 수준으로 인한 혹독한 경험을 했다. 더구나 PGA 상위 선수들은 프레시던트컵 대회에 참가하고 있었기 때문에, 쿼드시티 오픈 대회에서 치열한 경쟁이 펼쳐진 것도 결코 아니었다. 타이거 우즈는 72홀을 모두 끝내고, 때로는 작은 것을 잃더라도 큰 것을 잃지 않도록 해야 한다는 사실을 배웠다.

아직까지도 골프는 대중들에게 익숙하지 않은 스포츠이다. 만약 골프에 관심이 있는 사람이라면 BC 오픈이 브리티시컬럼비아에서 개최되는 경기가 아니라는 것을 알 수 있을 것이다. 지금은 없어진 대회를 대신해 엔디콧에서 열리고 있으며, 대회의 명칭은 BC 카툰을 축하하기 위해 지어졌다. BC 카툰을 창조한 조니 하트는 도시에서 살았으며, 그의 모든 만화와 실제 생활에서 그는 골프의 열렬한 지지자임을 밝혔다.

나쁜 날씨가 대회를 방해하고 있었기 때문에 54홀의 결과로 우승자를 결정하기로 했다. 프레드 펑크가 3위를 한 타이거를 3타 차이로 앞서면서 우승을 차지했다. 그때 타이거가 PGA 투어에서 성공하는 데 필요한 것이 무엇이냐는 질문을 프레드 펑크에게 하자 그는 좋은 회계사가 필요하다고 대답했다. 타이거는 대회를 3위로 마치고, 5만 8천 달러의 상금을 획득했다. 이제 그는 상금 순위 128위에 올랐다. 이 상금 순위는 타이거가 1997년도 PGA 투어에 참가할 수 있는 자격을 보장했다.

그는 다음 주에 있을 뷰익 오픈 대회 참가를 취소했다. 이는 엄청난 반응을 불러왔다. 이 사건을 통해 많은 사람들이 타이거 우즈에게 단지 골프를 하는 것이 아닌, 더 많은 기대를 하고 있음이 드러났다. 사람들의 기대에 관해서는 다음 장에서 자세히 다룰 예정이다.

다음 대회는 각기 다른 3개의 골프 코스
에서 경기하는 라스베이거스 인비테이셔

널이었다. 이 대회의 특징은 다른 대회처럼 보통 72홀 경기가
아닌 90홀 이상 경쟁한다는 점이었다. 타이거는 첫 라운드에서
70타를 치면서 차분하게 시작했다. 두 번째 라운드에서는 63타
를 쳤다. 그의 훌륭한 플레이는 금요일 라운드에서 68타를 치
고, 토요일 라운드에서 67타를 치면서 계속되었다. 평범하게
라운드를 시작했지만, 경기가 계속될수록 타이거는 선전했다.
마지막 라운드의 마지막 홀에서 타이거는 파를 치고 경기를 마
쳤다.

그때 아직까지 코스에서 경기하고 있던 데이비스 러브 3세가
마지막 홀에 도착했다. 그가 파를 친다면 타이거와 동점이 되고,
버디를 친다면 우승이었다. 자신의 경기를 마친 타이거는 모든
인터뷰를 거절하고, 연습 그린에서 플레이오프 상황을 대비해
자신의 집중력을 다시 유지하려 노력했다. 타이거와 그의 캐디
플러프 코언은 대회 관계자의 소형 무전기 너머 데이비스 러브
·가 2.4미터 버디 퍼트를 남겨 두고 있다는 소식을 들었다. 그리
고 잠시 후 그들은 버디 퍼팅이 들어가지 않았다는 또 다른 마지
막 통보를 들었다. 데이비스 러브와 타이거 우즈는 동점이 되었

고, 승부는 플레이오프 연장전으로 가리게 되었다.

텔레비전 중계방송 계약으로 인해 18홀 플레이오프의 전통은
오래전에 사라졌다. 텔레비전은 극적인 장면을 요구했고, 그래
서 대부분의 투어 대회에서 서든데스 플레이오프를 다음 날이
아닌 경기 직후에 바로 실시했다. 방송 장비와 카메라는 마지막
홀을 보도하도록 준비되어 있었기 때문에, 플레이오프는 보통
마지막 몇 홀에서 열렸다. 라스베이거스 인비테이셔널에서도
플레이오프가 18번 홀에서 열렸다. 만약 18번 홀에서도 그들이
동점을 기록한다면, 17번 홀에서 다시 경쟁했다가 다시 18번 홀
로 가는 방식이었다.

대회가 끝나고 서든데스 플레이오프가 필요한 상황에서 다음
날 18홀 플레이오프 방식을 유지하는 대회는 오직 US 오픈뿐이
었다. 전통을 중시하는 미국골프협회는 텔레비전의 압력에 아
직까지 굴복하지 않았다.

동전을 던져 순서를 정하는 것에서 데이비스 러브는 먼저 공
을 치는 유리함을 얻었다. 데이비스 러브는 드라이버 샷으로 골
프공을 페어웨이 중앙에 올렸다. 타이거 우즈는 3번 우드를 이
용해서 골프공을 페어웨이에 올렸다. 그는 의도적으로 러브의

공보다 홀에서 더 멀리 있게 하려고 드라이브가 아닌 우드를 선택한 것이다. 골프의 규칙은 골프공이 홀에서 가장 멀리 있는 선수부터 먼저 경기한다. 타이거 우즈는 이러한 경기 진행 규칙을 이용해서 먼저 공을 그린 위에 올리고, 자신보다 훨씬 경험이 많은 투어 골퍼를 압박하려고 했다.

다시 한 번 타이거 우즈는 자신이 성숙한 골프 선수의 재능을 가졌음을 보여 주었다. 타이거는 8번 아이언 샷으로 홀에서부터 5.4미터 정도 떨어진 곳으로 골프공을 올렸다. 다음은 데이비스 러브의 차례였다. 그는 너무 세게 쳤고, 그의 골프공은 그린 너머 벙커에 떨어졌다. 러브는 벙커 샷으로 홀에서 1.8미터 이내로 공을 올려 보냈다. 다음은 타이거의 차례였다. 그는 퍼팅을 쳐서 홀에서 몇 미터 안으로 공을 보냈다. 이제 타이거 우즈가 홀에서 파를 할 것이 분명해졌다. 데이비스 러브는 홀에서 동점을 만들고, 플레이오프로 경기를 연장하기 위해서 1.8미터 퍼팅을 성공시켜야 했다. 하지만 데이비스 러브는 퍼팅을 놓쳤다. 투어에서 활동을 시작한 지 이제 막 7주가 지난 20살의 타이거 우즈는 PGA 투어에서의 첫 번째 우승을 거머쥐었다. 타이거는 그린 옆에서 자신의 우승을 지켜보고 있던 어머니와 포옹했다.

불행히도 얼은 중요한 일 때문에 라스베이거스에 있지 않았다. 타이거 우즈가 플레이오프를 하는 동안 ESPN은 NFL 미식축구 경기를 텔레비전 중계하고 있었다. 결국 타이거 우즈의 플레이오프는 생중계되지 못하고 나중에 방송되었다. 타이거의 방송이 다른 방송에게 밀려난 것은 그때가 마지막이었을 것이다. 그다음 주 텍사스 오픈에서 타이거는 3위로 대회를 끝냈다. 그리고 만약 그가 다시 한 번 우승을 차지한다면, 우승 상금 54만 달러와 함께 300만 달러 투어 챔피언십에 참가할 자격을 획득할 수 있었다.

디즈니 클래식
대회의 기록

플로리다에서는 디즈니-올즈모빌 클래식이 있었다. 플로리다는 이제 타이거의 집이었다. 최근에 그는 올랜도의 배타적인 엘스워스 사회로 들어갔다. 디즈니 클래식 대회 감독 마이클 맥필립스는 타이거가 프로로 전향하자 자신의 대회에 출전해 달라며 구애해 왔다. 마이클 맥필립스는 휴즈 노튼에게 계속 연락을 취했다. 그는 맥도날드에서 딸기 밀크셰이크 6개를 산 후, 타이거의 집 근처에서 접선 장소를 찾기 위해 올랜도 주위를 운전하며 전화를 걸었다. 당초 타이거는 디즈니 클래식에 출전하지 않을 예정이었다. 하지만 맥필립스는 타이거의 등장을 알리는 신문 판을 미

리 준비해 가며, 타이거가 대회에 오는 시간을 15분 단축시킬
수 있도록 잠겨 있는 골프장 후문을 특별히 개장하겠다고 약속
했다. 결국 타이거 우즈는 디즈니 클래식 대회에 출전하기로 결
정했다.

대회 운영위원은 완전히 새로운 계획을 시행해야 했다. 더 많
은 프로그램을 인쇄해야 했고, 보안팀을 추가적으로 모집해야
했다. 또한 연습 그린 뒤편에 더 많은 관람석을 설치해야만 했고,
더 많은 차편을 마련해야 했다. 《스포츠 일러스트레이티드》,《골
프 매거진》,《뉴욕 타임즈》기자단에서부터, 디즈니 클래식을 중
계방송할 권리를 차지했던 가장 큰 승리자 골프 채널까지 미디
어진이 몰려들었다. 제작자들은 이 대회 직전에 타이거 우즈가
프로로 전향할 것이라는 추측을 하고 있었던 것 같다. 또한 그들
은 타이거가 디즈니 클래식에 참가할 줄은 꿈에도 몰랐다. 골프
채널이 이 대회의 방송권을 제일 먼저 확보했던 이유는 디즈니
클래식은 투어가 끝나갈 무렵 유명하지 않은 프로들이 상금 순
위 125위에 들어가기 위해 참가하는 대회였고, 다른 방송사에서
도 별 흥미를 갖지 않았기 때문이었다. 골프 채널은 높은 시청률
로 대성공의 수익을 만들었다.

어느 정도 더딘 첫 라운드는 타이거 우즈의 트레이드마크가

되었다. 타이거는 첫 라운드에서 69타를 쳤다. 그는 선두권에 속하면서 경기를 잘해내고 있다는 자신감을 느꼈다. 디즈니 클래식은 몇몇 파크의 골프 코스에서 치러졌다. 타이거는 금요일에 레이크뷰에나비스타 코스에서 경기했다. 그는 63타를 쳐서 선두를 2타 차이로 쫓았다. 토요일 라운드 마지막 18번 홀에서 선두와의 격차를 1타 차이로 줄이며 69타를 쳤다. 대회 마지막 라운드는 타이거 우즈의 또 다른 우승으로 끝났다.

이 대회가 끝나기 전 특이한 사건이 있었다. 타이거 우즈는 전 US 오픈 우승자인 페인 스튜어트와 같은 조였다. 타이거와 페인 스튜어트의 경기를 관람하는 군중들이 굉장히 많았다. 두 사람이 6번 홀에서 7번 홀로 가는 동안, 한 무리의 군중이 홀 사이 수목이 우거진 지역을 가로질렀다. 그들은 습지를 향해 달리던 어린 사슴을 깜짝 놀라게 했다. 사슴은 어느 방향이 가장 위험한지 몰랐다. 그리고 이 모든 상황에서 벗어나려고 필드를 향해 잽싸게 달려갔다.

곤경에 빠진 사슴에 대해 알지 못했던 타이거는 골프 코스에서 자신의 라운드를 66타로 끝마치고 분주했다. 스튜어트는 67타를 쳤다. 타이거 우즈가 첫 우승 이후 8주 만에 두 번째 우승을 차지할 것처럼 보였다. 아직 경기 중인 잘 알려지지 않은 젊은 프로 선수 테일러 스미스는 타이거 우즈와 동점이 될 수도 있었다. 그러나 라운드를 시작할 때 테일러 스미스의 경기 파트너 레니 클레멘트는 스미스가 규정에 어긋나는 퍼터 그립으로 경기하는 것을 발견했다. 클레멘트는 스미스의 규정 위반을 PGA 관계자들에게 알렸다. 스미스는 경기 위원회가 이 상황에 대해 결정하는 동안 계속 경기할 수 있도록 요청했다. 경기 위원회는 그의 부탁을 들어주었다.

결국 테일러 스미스는 마지막 홀에서 버디를 잡고, 타이거 우즈와 동점이 되었다. 그러나 경기 위원회는 테일러 스미스의 위반 사항에 대해 실격이라는 결정을 내렸다. 타이거는 테일러 스미스와 플레이오프에서 경쟁할 수 없다는 사실에 실망감을 표시했다. 타이거는 대회 우승으로 73만 4천790달러의 상금을 획득했다. 또한 다음 주 오클라호마 주 털사에서 열리는 투어 챔피언십의 참가 자격을 얻었다. 이 대회의 참가 자격은 투어에서 상위 20위에 드는 선수들로 제한했다.

잭 니클라우스가 이룬 것과 타이거 우즈가 이룬 것을 비교하는 일은 피할 수 없다. 타이거는 자신의 처음 7개 프로 대회 중에서 5개 대회에서 10위권 내로 경기를 마쳤고, 두 차례 우승했다.

잭 니클라우스는 한 차례만 상위 10위권 내에 들었을 뿐이다. 또한 프로로 데뷔한 해의 투어에서 단 한 차례도 우승하지 못했다. 타이거 우즈는 골프 역사상 그 어떤 골퍼보다도 우월한 시작을 하고자 했다.

어려움 속에서 빛나는 성실함

타이거 우즈의 제일 친한 친구 마크 오메라는 최고의 기량으로 경기하지 못했을 때, 대회에서 이기지 못했을 때, 역경에 부딪쳤을 때가 타이거의 진정한 위대함을 평가할 때라고 말했다. 마크 오메라의 말은 1996년 10월 25일 오클라호마 주 털사에서 열린 투어 챔피언십에서 확인할 수 있었다.

타이거 우즈는 첫 라운드에서 70타를 치고, 선두에게 2타 차이로 뒤지고 있었다. 두 번째 라운드 티타임은 금요일 오후 2시 51분이었다. 타이거가 첫 라운드를 끝낸 그날 밤 얼 우즈는 갑자기 가슴의 통증을 호소했다. 얼 우즈는 타이거와 가족이 머물고 있던 호텔 건너편 세인트프란시스 트라우마 센터에 입원했다. 타이거는 새벽 5시까지 잠들지 않고 아버지의 병실을 지켰다. 그리고 다음 날 마지못해 골프장으로 나갔다.

더블보기로 두 번째 라운드를 시작했으며, 남은 6개 홀에서 5개의 보기를 했다. 하지만 타이거는 끝까지 경기를 포기하지 않았다. 그는 간신히 백 나인에서 35타를 쳤고, 총 타수 78타로 대회를 마쳤다. 그와 함께 경기를 했던 존 쿡은 다음과 같이 말했다.

"그는 오늘 나에게 많을 것을 보여 주었어요. 그것은 골프가 아니었어요. 당신은 그곳에서 정신이 나갈 수도 있었을 거예요. 하지만 그는 그러지 않았죠. 그가 자신의 태도를 유지하는 모습은 그가 치려고 했던 드라이버 샷보다도 더 인상적이었어요. 저러한 상황 속에서 당신은 발을 구르고, 불평하고, 한탄하면서 20살처럼 행동했을 거예요. 그는 그러지 않았어요. 그는 힘겨운 날에도 최선을 다하려고 노력했어요."

타이거 우즈는 마지막 두 라운드에서 72타와 68타를 쳤다. 그리고 공동 21위로 대회를 끝냈다.

타이거 우즈는 자신의 짧은 시즌을 24위라는 상금 순위와 총 상금 79만594달러로 마쳤다. 그의 대회당 우승 확률은 그 당시 시즌 최고 소득을 기록했던 톰 레먼을 뛰어넘으며, 투어에서 가장 높았다. 10주 동안 타이거는 두 차례 우승했다.

타이거 우즈는 1997년 시즌을 시작하면서 훌륭한 경기를 계속 펼쳤다. 메르세데스 오픈에서 타이거 우즈는 토요일에 1996년 올해의 선수인 톰 레먼과 함께 경쟁했다. 타이거는 마지막 4개의 홀에서 버디를 치며 65타를 쳤고, 레먼과 동점이 되었다. 다음 날 쏟아지는 비로 인해 대회 관계자들은 마지막 홀에서 우즈와 레먼의 서든데스 플레이오프를 할 수 없다고 판단했다. 어쩔 수 없이 골프장에서 유일하게 경기가 가능했던 높은 그린의 파3홀인 7번 홀에서 플레이오프를 하게 되었다. 완전히 물을 넘어가는 샷이 필요했다. 제대로 준비가 되지 않았던 레먼의 6번 아이언 샷은 물속으로 빠졌다.

군중들은 타이거가 4타를 치더라도 대회를 이길 수 있기 때문에 그가 신중한 샷을 칠 거라고 예상했다. 그러나 타이거 우즈는 홀로부터 15센티미터 안으로 과감한 샷을 쳤다. 레먼은 벌타를 받고, 새로운 골프공으로 홀에 가깝게 샷을 쳤다. 만약 그 공이 홀에 들어가더라도 3타였다. 타이거는 자신의 세 번째 우승을 위해 골프공을 가볍게 쳐서 버디를 잡았다.

PGA 투어를 훌륭하게 시작한 타이거 우즈는 프로로서 첫 번째 메이저 골프 대회 출전을 준비하면서, 모든 이들의 시선을 한 몸에 받았다. 정규 투어 챔피언에서의 우승은 좋은 삶을 보장한다. 또한 메이저 챔피언십에서의 우승은 골프의 역사에 이름을 올리는 것을 보장한다.

배타적인 역사를 가진 마스터스 대회

마스터스 대회는 4개의 메이저 골프 대회 중에서 가장 늦게 생겼지만, 가장 큰 의미가 있는 대회 중 하나이다. 왜냐하면 마스터스 대회를 창설한 사람이 전설적인 아마추어 골퍼 바비 존스이기 때문이다. 게다가 마스터스 대회는 다른 대회와는 달리 매년 어거스타 내셔널 골프클럽에서 개최된다. 어거스타 내셔널 골프클럽은 세계에서 가장 배타적인 컨트리클럽 중 하나로, 차별의 긴 역사와 차별 정책을 바꾸려는 어떤 노력도 거부할 수 있는 힘을 가지고 있었다.

2003년도 마스터스 대회에 이르러 전미여성단체연합National Council of Women's Organization, NCWO 회장 마샤 버크는 어거스타 내셔널 골프클럽이 여성 회원을 받아들이지 않는 것에 대해 항의했다. 마샤 버크는 차별적인 정책을 고수하는 어거스타 내셔널 골프클럽에서 열리는 대회를 후원하는 기업들에게 보이콧을 하겠다고 압박했다. 이에 대해 재정적인 권력과 많은 회원을 확보하고 있는 어거스타 내셔널 골프클럽은 기업의 후원 없이 직접 방송을 제작해서 경기를 중계할 것이라고 알렸다.

CBS에서 1956년 처음으로 마스터스 대회를 텔레비전 중계했고, 그 이후에도 계속 중계방송 계약을 유지해 왔다. 마스터스 대회는 오랫동안 높은 시청률을 기록했고, 많은 방송사에서 대회 중계를 탐내 왔다. 그러나 다른 골프 대회 중계방송과는 달리 마스터스 대회 주최 측은 방송의 많은 부분에 관여했다. 주최 측은 방송 광고의 수를 1시간당 4개를 넘지 않도록 지시했다. 또한 그들은 직간접적으로 아나운서 선발의 최종 결정권을 가졌다. 마스터스 대회 중계방송 해설자들 중 한 사람인 게리 맥코드는 방송 중 그린이 '비키니왁스_{그린을 더 짧게 깎을수록 퍼팅하는 것이 더 어렵다}'를 했다는 표현을 사용했다. 다음 해에 게리 맥코드는 마스터스 대회 중계방송에서 해고되었다.

마스터스 대회는 초청권으로 참가자가 결정되고, 초청권은 어거스타 내셔널 골프클럽 회원들에 의해서 결정된다는 점에서 다른 메이저 대회와 다르다. 이런 사실은 소수자들이 차별 때문에 마스터스 대회에 참가할 수 없다고 느끼게 만들었다.

가장 지독한 사례는 흑인 골퍼 찰리 시포드에 의해서 드러났다. 찰리 시포드는 PGA 카드를 획득한 최초의 흑인 골퍼이자, PGA 투어 대회에서 우승했던 최초의 흑인 골퍼였다. 또한 1961년에서 1974년까지 찰리 시포드는 마스터스 대회에 참가할 자격을 얻을 수 있을 만큼 높은 수준의 골프 경기를 펼쳤던 유일한 흑인 골퍼였다.

찰리 시포드는 1962년도 캐나다 오픈에서 첫 라운드 이후 선두를 유지하고 있었다. 전통적으로, 캐나다 오픈의 우승자는 자동적으로 마스터스 대회 초청권을 받았다. 라운드를 마친 시포드는 클럽하우스 게시판에서 캐나다 오픈 우승자에게 마스터스 대회 초청권을 제공하지 않을 것이라는 내용의 공지를 발견했다. 갑작스런 공지는 흑인이 대회에서 선두를 유지했기 때문에 생겨난 것으로 보인다.

미국의 투어 대회에서 상위 16위로 끝난 선수들은 자동적으로 마스터스 대회 출전권을 얻었다. 1960년도 US 오픈에서 찰리 시포드는 마지막 라운드를 하고 있었다. 스포츠 기자이자 해설자였던 딕 샤프는 《스포츠 일러스트레이티드》와의 인터뷰에서 "만약 찰리 시포드가 라운드를 잘 끝낸다면 그는 상위 16위에 들 수 있을 거예요. 이제 재미있어지겠는데요. 그건 그가 자동적으로 내년 마스터스 대회에 출전 자격을 얻는 걸 의미하겠죠"라고 말했다. 그러자 조지아 주에서 온 리포터는 "만약 시포드가 16위 안에 든다면 그들은 15위까지만 출전 자격을 주는 것으로 규정을 바꿀 거예요. 만약 시포드가 11위로 끝낸다면 10위까지로 규정을 바꾸겠죠. 만약 시포드가 준우승을 한다면 그러면 그들은 우승자에게만 출전 자격을 줄지도 몰라요"라고 대답했다.

25위까지의 상금 순위자는 자동적으로 한꺼번에 마스터스 대회 출전권을 얻었다. 1967년 시포드는 최고의 한 해를 보냈고, 마스터스 대회에 초청될 만큼 상금 순위도 충분히 높았다. 하지만 그들은 갑자기 기준을 바꾸었고 포인트 시스템을 고안했다. 당연히 찰리 시포드는 포인트 시스템 상 마스터스 대회에 초청될 만큼 점수가 충분하지 않았다.

리 엘더는 1975년도 마스터스 대회에 참가했던 최초의 흑인 골퍼로 잘 알려져 있다. 1970년대 초, 엘더는 마스터스 대회에 출전할 평등권을 얻기 위한 노력의 중심부에 있었다. 마스터스는 복잡한 포인트 시스템을 기초로 하여 선수를 초청하거나 역대 마스터스 우승자들 투표에 의해서 선수들을 초청했다.

결국 마스터스는 1971년에 이전의 정책들을 바꾸었다. 새로운 정책은 마스터스 대회 전년도에 PGA 투어에서 우승했던 선수는 누구나 초청권을 획득한다는 것이었다. 1973년에 하원의원 헤르만 바딜로가 이끌던 18명의 의원 모임은 마스터스 대회 위원장 클리포드 로버츠에게 리 엘더를 초청하도록 촉구하는 편지를 보냈다. 클리포드 로버츠는 그들의 요청을 거절했다. 리 엘더도 그 제안을 거절하며 공개적으로 대답했다.

"뉴올리언스 오픈이나 그린스보로 오픈 둘 중 1곳에서 우승한다면 올해 마스터스 대회에 출전할 수 있습니다. 그것이 내가 시도하려고 하는 것입니다."

그다음 뉴올리언스 오픈의 첫 번째 라운드에서 엘더는 65타를 쳤다. 2타 차로 선두를 섰지만, 그 후 무너지면서 결국 우승하지 못했다. 다음 해 봄, 엘더는 플로리다 주 펜사콜라에서 열린 몬산토 오픈에서 우승했다. 마침내 엘더는 1975년도 마스터스 대회에 출전했다. 그리고 같은 해에 타이거가 태어났다.

타이거 우즈는 찰리 시포드와 리 엘더가 마스터스 대회에 참가하기 위해 헤쳐 나가야 했던 만큼의 난간에 맞서지는 않았다. 타이거 우즈는 PGA 투어에서 많은 우승과 높은 상금 순위로 마스터스 대회 초청권을 획득했다. 그 무렵 타이거 우즈에 대한 대중의 뜨거운 관심을 측정한다면 까다로운 어떤 기준을 적용하더라도 그의 대회 출전은 보장되었을 것이다.

타이거 우즈는 마스터스 대회에서 세 차례
우승했고, 전년도 우승자인 닉 팔도와 함께
티오프를 준비했다. 전년도 우승자가 아마추어 챔피언과 같은
조에서 경기하는 것은 마스터스 대회의 전통이었다. 타이거가
아마추어 대회에서 우승하고 난 후 프로로 전향했음에도 불구하
고, 대회의 전통은 지켜졌다.

타이거의 오프닝 드라이브는 그가 아직까지 자신의 컨디션을
찾지 못했다는 것을 분명하게 보여 주었다. 그는 첫 홀에서 보기
를 했다. 그리고 처음 9개 홀을 4오버파 40타로 끝냈다. 부풀었
던 기대감 너머로 모든 기자단의 잡음들이 만연했다. 하지만 타
이거 우즈는 10번 홀에서 버디 퍼트를 성공시키고 경기에 대한
컨디션을 되찾았다. 그다음 악명 높은 아멘 코너에서 타이거는
자신의 여세를 유지하고, 라운드와 대회를 살릴 만한 샷을 쳤다.
그는 파3홀인 12번 홀에서 티 샷을 그린 위로 쳤다. 파를 하기 위
해 어려운 칩 샷을 성공시켜야만 했다. 그는 칩 샷을 성공시키며,
대담한 버디를 바탕으로 남은 9홀에서 타이기록을 목표로 나아
갔다. 2언더파 70타로, 타이거는 선두 존 휴스턴에 불과 3타 차
이로 뒤지고 있었다.

둘째 날 타이거는 폴 에이징어와 함께 경기했다. 타이거는 첫 번째 티로 걸어 나갈 때, 자신감에 차 있었다. 그는 마스터스 대회에서 훌륭하게 해낼 수 있다는 것을 보여 주며 선두로 치고 나갔다. 타이거는 66타를 기록하며 스코틀랜드 출신의 골프 선수 콜린 몽고메리를 3타 차로 앞섰다. 그리고 세 번째 라운드가 끝날 무렵 타이거와 몽고메리의 점수는 9타 차로 벌어졌다. 시즌 초반에 콜린 몽고메리는 타이거의 명성이 과장되었다며, 라이더 컵 2년마다 개최되는 미국 프로와 유럽 프로들의 시합에서 정면승부하길 기다리고 있다고 인터뷰했다. 그러나 마스터스 대회 세 번째 라운드에서 타이거와 경기를 한 이후, 몽고메리는 타이거 우즈의 플레이를 묘사하며 흥분했다.

"타이거 우즈는 골프공을 길고 곧게 쳤고, 그의 아이언 샷은 정확했습니다. 난 그가 어떻게 그런 완벽한 퍼팅을 할 수 있는지 이해할 수 없었습니다. 타이거 우즈는 그의 모든 경기에서 계속 9타 차이를 유지했습니다. 난 내일 그 점수 차가 더 높아질 거라고 확신합니다."

마스터스 대회는 마지막 라운드 백 나인을 치기 전까지는 진짜 시작된 것이 아니라고 알려져 있다. 실제로 1996년도 마스터스 대회의 마지막 라운드에서 누가 앞서고 있었는지는 경기 결과와 아무런 관계가 없었다. 그렉 노먼은 마지막 라운드가 시작될 때, 닉 팔도를 6타 차이로 앞서고 있었다. 하지만 결국 5타 차이로 지는 역전패를 당했다. 타이거가 직면한 유일한 문제는 심적 부담을 극복할 수 있는가였다. 그는 그것을 당당히 이겨 냈다.

타이거는 처음 9개 홀을 이븐파로 마쳤다. 마스터스 대회의 점수 기록을 깨뜨리려면 18개의 홀에서 파를 해야 했다. 그는 백 나인 3개의 홀에서 버디를 쳤다. 이때 홀에서 한 사진기자가 타이거의 백스윙이 정점에 달했을 때 재빠르게 셔터를 눌렀다. 사진기자의 방해로 골프공은 페어웨이 부근에 떨어졌다. 타이거는 침착하게 두 번째 샷을 쳤고, 1.2미터의 퍼팅이 고요히 홀로 빨려 들어갔다. 타이거는 첫 번째 메이저 챔피언 타이틀을 거머 쥐었다.

타이거 우즈의 마스터스 대회 우승 소식은 흑인 사회 곳곳에 울려 퍼졌다. 리 엘더는 대회의 마지막 라운드에 초대되어 타이거가 마지막 퍼팅을 홀에 넣을 때 그린 옆에 있었다. 찰리 시포드는 텍사스 주 킹스턴에 있는 자신의 집에서 기뻐했다. 타이거 우즈의 마스터스 대회 우승은 대회에 참가한 사람들뿐만 아니라, 골프를 치며 생계를 유지하기 위해 고생했던 모든 흑인 골프 선수들에게 힘이 되었다. 또한 그의 우승은 골프계를 뛰어넘어 사회적으로 중요한 의미를 지녔다. CBS 파이널 라운드 중계방송의 시청률은 15.8퍼센트였다. 이 수치는 이 젊은 흑인 남성이 골프 치는 것을 보기 위해서 수십만 곳에서 텔레비전을 통해 마스터스 대회를 지켜보았다는 것을 의미한다. 또한 당일 일요일 밤 텔레비전 프로그램 '60분'의 시청률이 평소보다 약간 더 높게 나왔다. 프로그램의 도입부는 마스터스 대회 방송이었다.

6회 연속 우승 타이틀

지난 7년간 타이거 우즈는 스포츠 역사에서 견줄 데 없는 놀라운 기록들을 만들어 냈다. 타이거 우즈는 전 세계 203개 대회에 참가했고, 145개 대회에서 상위 10위의 성적을 냈으며, 55번의 우승과 23번의 준우승을 차지했다. 또한 450만 달러가 넘는 대회 상금을 획득했다.

타이거가 PGA 투어에서 만든 많은 기록들 가운데 PGA 대회에서의 6회 연속 우승이 가장 눈에 띈다. 1999년 8월 15일의 PGA 챔피언십을 시작으로 2000년 1월 9일의 AT&T 페블비치 내셔널 프로암대회까지 타이거는 PGA 토너먼트를 6회 연속으로 우승했다.

타이거 우즈가 연속 우승 행진을 하는 동안, 1945년 대회에서 11회 연속 우승 기록을 세웠던 전설적인 골퍼 바이런 넬슨의 기록까지 타이거가 추격할 수 있는지에 많은 관심이 쏠렸다. 하지만 넬슨이 그 기록을 세웠을 당시 투어에는 상대적으로 전문 프로골프 선수들이 드물었다는 점을 유념해야 한다. 따라서 당시의 대회 수준은 사실상 투어에 출전하는 모든 선수들이 전업 투어 프로 골퍼인 1999-2000 PGA 투어와는 비교할 수가 없다.

당시는 2차 세계 대전으로 인해 프로 선수가 될 만한 남자 대부분이 군 복무를 했기 때문에 투어의 수준은 더 낮았다. 넬슨은 한 대회 우승으로 5만 2천 달러의 우승 상금을 받았다. 오늘날 PGA 투어의 엄청난 상금에 비교하면 많지 않은 상금이었다. 뿐만 아니라 오늘날 골프 대회에는 신문, 라디오, 국제적인 텔레비전 보도 등이 막대한 영향을 끼친다. 그러나 1945년 당시 언론이 미국 대중에게 미치는 영향은 비교적 적었다.

2000년 2월 초 페블비치에서 열린 AT&T 인비테이셔널에서 타이거는 5타 뒤진 상태로 파이널 라운드에 들어갔다. 이제껏 5연승을 해 온 타이거의 연승 행진은 끝날 것처럼 보였다. 15번 홀,

타이거는 여전히 선두를 유지하고 있는 맷 고겔에게 4타 뒤지고 있었다. 우즈는 자신의 어프로치 샷을 쳤고, 그의 골프공은 그린에서 튀어 올라 왼쪽으로 방향을 바꾸어 홀 속으로 빨려 들어갔다. 좀처럼 드문 두 번째 이글이었다. 타이거는 2타 차이로 선두를 추격했다. 타이거는 남은 세 홀 중 두 홀에서 버디를 잡았고, 역전 우승을 했다. 타이거의 연속 우승 행진은 뷰익 인비테이셔널에서 필 미켈슨에게 지면서 끊어졌다. 그는 1948년의 벤 호건과 함께 PGA 대회에서 6회 연속 우승이라는 타이기록을 세웠다.

골프의
그랜드슬램 　　　정규 투어에서 인상적인 기록과 함께 타이거를 오늘날의 여느 골퍼들과 다른 차원으로 만들었던 것은 메이저 대회였다. 스포츠 기자들은 바비 존스가 1930년에 US 오픈과 US 아마추어, 그리고 브리티시 오픈과 브리티시 아마추어에서 우승했을 때, 그랜드슬램이라는 용어를 만들었다. 오늘날 정규 프로 투어가 발전하면서 US 아마추어와 브리티시 아마추어 대회의 중요성은 예전만큼 높지 않다. 스포츠 기자들은 US 오픈, 브리티시 오픈, 마스터스 대회, PGA 챔피언십을 포함한 프로 그랜드슬램을 창안했다.

　지금까지 스포츠 역사상 4개 메이저 챔피언십에서 모두 우승한 기록을 가진 선수는 오직 5명이다. 잭 니클라우스 26살 때, 게리 플레이어 29살 때, 진 사라센 33살 때, 벤 호건 40살 때 그리고 타이거이다. 타이거 우즈는 24살로, 이 업적을 달성했던 선수들 가운데 최연소였다. 하지만 같은 해에 모든 4개 메이저 대회에서 우승한 것이 아닌 프로 커리어 그랜드슬램이었다.

언론에서는 같은 해 동안 모든 4개 메이저 대회에서 우승이 가능할 것이라고 추측했었다. 그리고 유일하게 한 선수가 그랜드슬램에 근접했던 적이 있었다. 벤 호건은 1949년에 전도유망한 골퍼였다. 그러나 1949년 호건은 거의 죽을 뻔한 자동차 사고로 큰 부상을 입었다. 의사는 그에게 골프는 말할 것도 없이 다시는 걷지 못할 거라고 말했다. 고통스러운 재활 치료와 굴하지 않는 의지 덕분에 호건은 프로골프 활동을 다시 시작할 수 있었다. 1953년 41살의 나이로 호건은 자신이 참가했던 6개 대회 중 3개의 마스터스 대회와 US 오픈, 브리티시 오픈을 포함한 5개 대회에서 우승했다. 그로써 호건은 같은 해 4개 메이저 대회에서의 우승을 뜻하는 그랜드슬램에 누구보다도 가까이 다가갔다.

2000년도 US 오픈은 캘리포니아 페블비치에서 열렸다. 타이거 우즈는 US 오픈의 처음부터 끝까지 선두를 유지했던 다섯 번째 선수가 되었으며, 최저타의 기록을 세웠다. US 오픈 챔피언십에서 타이거가 우승했을 때, 처음에는 누구도 이 우승이 그랜드슬램으로 이어질 거라고 생각조차 못했다.

그다음 여름, 타이거 우즈는 골프의 출생지이자 영국왕실골프협회의 고향인 세인트앤드루스에서 열린 브리티시 오픈에 출전했다. 그는 첫 번째 라운드에서 67타를 쳐서 2위에 올랐다. 두 번째 라운드에서 그는 66타를 쳤다. 타이거는 보기 없이 36홀을 경기했다. 세 번째 라운드에서 결국 타이거는 보기를 쳤다. 그러나 라운드 결과 타이거는 동료 미국인인 데이비드 듀발을 6타 차이로 앞서고 있었다. 그들은 마지막 날 맞붙었다. 듀발은 3타 이내로 쳐야 했지만, 악명 높은 로드홀 벙커에서 벗어나지 못하고 8타를 치며 17번 홀에서 무너졌다. 타이거 우즈는 68타로 경기를 끝냈고, 8타 차이의 총 19언더파로 최저타 기록을 만들며 브리티시 오픈에서 우승했다.

비록 두 시즌에 걸쳐 있지만, 타이거 우즈가 동시에 4개의 메이저 챔피언십에서 우승할 가능성이 갑자기 커졌다. 기자들 사이에서 이와 같은 업적을 진정한 그랜드슬램으로 봐야 하는지에 대한 의견이 분분했다. 타이거가 그랜드슬램을 달성할지에 대

한 추측이 있었다는 사실 그 자체만으로도 그의 명성의 크기를
알 수 있었다.

 그해의 마지막 메이저 대회인 PGA 챔피언십 개최지는 켄터
키 주 루이스빌에 있는 발할라 골프클럽이었다. 타이거는 66타
로 시작을 했고, 다음 라운드에서는 67타를 쳤다. 마지막 라운드
17번 홀까지 밥 메이는 1타 차이로 선두를 지키고 있었다. 파5홀
인 마지막 18번 홀에서 타이거는 밥 메이와 동점을 만들기 위해
1.8미터 퍼팅을 성공시켰다. 타이거와 밥 메이는 서든데스 플레
이오프로 연장전을 했다. 세 번째 플레이오프 홀에서 우즈와 메
이 모두 잘못된 티 샷을 쳤고, 두 사람 모두 두 차례 안에 그린에
도달하지 못했다. 타이거는 그린의 짧은 벙커에서 훌륭한 샷을
쳤다. 밥 메이는 경사가 있는 그린에서 긴 퍼팅을 성공시켜야 했
지만, 그는 아깝게 퍼팅을 놓쳤다. 결국 타이거는 PGA 챔피언십
의 2년 연속 우승한 선수가 되었다.

 이제 본격적으로 논쟁이 시작되었다. 만일 타이거가 2001년
4월에 열릴 마스터스 대회에서 우승한다면 이것은 그랜드슬램
이 되는 것일까? 비록 같은 해는 아닐지라도 모든 4개의 메이저
대회를 만 1년 이내에 우승하는 것이었다. 스포츠를 좋아하는

대중은 8개월간 그것에 대해 이야기했고, 스포츠 라디오 프로그램에서도 마음껏 떠들며 즐겼다.

타이거는 다음 해 봄의 마스터스 대회 첫 번째 라운드를 천천히 시작했다. 그는 67타를 쳤지만, 자신이 선두에서 5타 뒤지고 있다는 사실을 알고 있었다. 금요일 라운드에서 타이거는 저력을 과시하며 66타를 쳐서 1타 차이로 선두를 따라잡았다. 토요일 라운드에서 타이거 우즈는 1타 앞서며 그 상황을 유지하고 있었다. 일요일 라운드에서는 그의 현존하는 라이벌 데이비드 듀발과 필 미켈슨과의 또 다른 대결이 벌어졌다. 15번 홀에서 데이비드 듀발은 타이거 우즈와 동점이 되었고, 필 미켈슨은 1타 차이로 뒤지고 있었다. 아슬아슬한 위험 요소가 많은 16번 홀에서 미켈슨과 듀발 모두 보기를 했고, 타이거는 파를 쳤다. 타이거는 18번 홀에서 버디로 라운드를 끝내며 우승했다. 그는 마스터스에서 우승함으로써 최단 기간에 그랜드슬램을 이루어 냈다.

시상식 후 타이거는 기자 회견장에서 이것을 그랜드슬램이라고 생각하는지에 대한 질문을 받았다. 타이거는 언론에서 원한다면 그렇게 부를 수 있지만 자신은 그저 동시에 모든 4개의 트로피를 소유한 것에 불과하다고 말했다.

그가 이룬 업적을 정의하는 과정에서 시작된 논란은 대단한 업적의 광채를 가리고 있었다. 12개월 동안 타이거 우즈에게 집중된 부담감, 대중의 엄청난 관심, 메이저 대회의 높은 수준을 고려해 보면 '타이거 슬램'이라고 불리는 그의 업적은 현대 골프 역사에서 가장 특별한 업적이라고 할 만하다.

라이더컵에서의 소신 있는 행동

타이거가 개인 경기에서 전례 없는 기록을 쌓았지만, 2개의 메이저 팀플레이 시합인 라이더컵과 최고의 미국 프로들과 유럽을 포함한 최고의 국제 선수들이 대결하는 프레지던트컵에서도 좋은 성적을 냈던 건 아니다.

라이더컵은 사무엘 라이더가 최고의 영국 프로 선수들과 미국 프로 선수들 간의 대결을 위해 트로피를 기증했을 때인 1927년도에 시작된 시합이다. 그 후, 영국과 미국에서 번갈아 대회를 열었다. 세인트알반스 출신의 영국인 라이더는 하트퍼드셔에서 종자 묶음을 판매해서 부를 얻었다. 처음에 언론은 이 대회에 거의 관심을 기울이지 않았다. 미국 프로 선수들이 1960년대까지 대회를 장악했기 때문이다. 라이더컵 대회의 수준을 올리기 위한 조치로 1977년부터 영국팀에 유럽 국적의 선수들을 포함하기로 했다. 그때부터 대회는 관중들의 흥미를 끌기 시작했다.

영국팀이 모든 유럽 선수들을 포함하는 것으로 범위가 확장된 이후, 경기는 훨씬 더 치열해졌고 유럽과 미국 모두에게 더 중요한 의미를 갖게 되었다. 최근 9번의 대결에서 미국팀은 영국팀을 겨우 3번만 이겼다. 유럽 국가들이 포함된 것 이외에도 몇 가지 요인들이 이런 역전에 기여했다. 유럽 투어는 대회 수가 미국 투어만큼 많지 않다. 미국 프로 선수들은 혼자 여행하고 혼자 머무는 경향이 있지만, 유럽 프로 선수들은 미국 프로 선수들보다 사교적이다. 또한 스타 선수들로 이루어진 미국팀에 비해 잘 알려지지 않은 유럽팀 선수들은 더 많은 것들을 보여 줄 수 있다.

타이거 우즈는 매치 플레이 방식의 대회에서 눈에 띄는 아마추어 기록을 가지고 있었고, PGA 투어에서 엄청난 명성을 만들며 화려하게 프로로 데뷔했다. 그런 이유로 타이거의 라이더컵 출전이 미국팀에 우승을 안겨 줄 것이라는 기대가 높아졌다.

라이더컵 대회는 미국과 유럽에서 매 2년마다 번갈아 가며 개최된다. 대회는 3일간의 경기로 이루어져 있으며, 금요일 오전

5개의 매치로 시작된다. 2명의 선수가 팀을 이루고 주장은 각 매치에서 누가 경기를 할 것인지 결정해야 한다. 하나의 공을 선수들이 번갈아 가면서 치는 방식은 '포섬'이라고 불린다. 홀에서 가장 낮은 타수의 팀이 이기며, 많은 홀에서 이기는 팀이 매치에서 이긴다. 한 팀이 남아 있는 홀보다 더 많은 홀을 이겼을 때, 자연스레 그들은 매치에서 이긴다. 매치에서 이기는 팀은 점수를 획득한다. 만약 팀이 동점이면, 2분의 1점이 주어진다.

오후의 매치 플레이는 '포볼' 방식이다. 이것은 취미 골퍼들 사이에서 가장 일반적인 경쟁 방식이다. '포볼' 방식은 각 선수가 각자 자신의 공을 친다. 한 팀에서 가장 낮은 타수와 다른 팀의 가장 낮은 타수를 견주어서 그 홀의 우승자를 결정한다. 많은 홀에서 이긴 팀이 매치에서 이긴다. 일요일에는 12개의 개별적인 매치가 있다. 획득 가능한 점수는 모두 32점이다. 그러므로 라이더컵에서 상대팀을 이기려면 적어도 16.5점을 획득해야만 한다. 만약 무승부로 경기가 끝나면 전 대회에서 우승하여 현재 컵을 보유하고 있는 팀이 컵을 계속 차지하게 된다.

타이거 우즈는 프로 투어로 전향한 이래, 4번의 라이더컵에 미국팀으로 출전했다. 라이더컵 매치에서 그의 전반적인 기록은 7승 11패 2무이다. 타이거는 팀플레이 라운드보다 개별 라운드에서 성적이 더 좋았다. 그가 미국팀에 합류하는 동안, 미국팀은 오직 한 차례만 유럽팀을 이겼을 뿐이다. 왜 타이거 우즈가 자신이 참가했던 다른 시합에서처럼 라이더컵에서 활약하지 못했는지에 대한 추측들이 많이 있었다. 비록 타이거가 라이더컵에서 부진한 이유를 꼭 집어 설명할 수는 없었지만, 타이거의 명성이 커질수록 그의 책임을 부각시켰던 라이더컵과 관련된 사건이 있었다. 타이거 우즈의 유명세가 높아질수록 언론과 대중은 그가 자신의 목소리를 내길 기대했다.

1997년도 라이더컵을 진행했던 PGA는 스페인 발데라마에서 열렸던 대회에 결혼한 선수들의 아내에게도 출장비를 지급했다. 이때 타이거와 대회에 동행했던 얼 우즈는 이러한 혜택을 받지 못했다. 당시 타이거는 PGA의 이러한 정책 논리에 대해 비판했다. 또한 1999년 매사추세츠 주 브루클린 컨트리클럽에서 열릴 예정이었던 대회 전날에도 데이비드 듀발은 《골프 다이제스트》 기사에서 라이더컵의 위선에 대해 불만을 제기했다. 라이더컵에 참가하는 팀 선수들은 대가를 받지 못했다. 오직 대회 출전에 필요한 비용만 지급되었다. 듀발은 라이더컵 대회를 통해 상당한 수익을 거둔 PGA가 설령 선수들의 이름으로 하는 기부 형

식일지라도, 자신의 명예를 걸고 경기를 했던 팀 선수들에게 응당한 보상을 해야 한다고 말했다.

많은 선수들이 개인적인 자신의 견해를 가지고 있었지만, 유일하게 타이거만이 공개적으로 듀발을 지지했다. 시카고 근교 메디나에서 열리는 PGA 챔피언십 기자 회견장에서, 타이거는 경기하는 선수들에게 좀 더 이익이 돌아가야 한다는 듀발의 말에 동의했다. 그의 발언은 열광적인 반응을 이끌었다. 결국 PGA는 듀발의 의견을 수긍했고, 자선을 위해 일정량의 금액을 기부할 수 있는 권리를 선수에게 주는 방안을 궁리했다. 이 사건은 세계 랭킹 1위 자리에 오른 타이거 우즈가 안고 있는 책임과 부담을 여실히 보여 주었다.

"골프는 바로 저 자신입니다.
골프가 오늘날의 저를 만들었습니다.
하지만 엄밀히 말하자면 수많은 노력이 쌓이고 쌓여
골프장에서의 저를 만든 것입니다."

타이거 우즈

타이거 우즈의 막강한 영향력

타이거 우즈의 짧은 골프 인생 동안 그는 골프와 PGA 투어에 엄청난 영향을 끼쳤다. 뿐만 아니라 그가 미치는 영향은 스포츠라는 영역을 뛰어넘어 버렸다. 타이거 우즈가 상품 광고에 등장한 최초의 운동선수이거나 최고의 유명인은 아니었다. 하지만 그가 받는 광고료는 광고업계의 기준을 바꾸어 버렸다. 사람들은 그가 뛰어난 활약을 펼치길 원하고 소수자들의 관심사를 대변해 주기를 원했다. 오늘날 타이거의 엄청난 유명세는 미디어와 분리해서는 생각할 수 없게 되었다. 미디어 특히 텔레비전 방송이 없었다면 타이거 우즈 신드롬은 없었을지도 모른다.

스포츠와
미디어의 관계 　　　최초의 정규 상업 라디오 방송국은 일
　　　　　　　　　반적으로 1920년 11월 2일 첫 방송을
시작한 KDKA로 간주하고 있다. 《피츠버그 포스트》의 스포츠
기자 플로렌트 깁슨이 1921년 4월 11일에 프로권투 경기를 상세
하게 중계하기로 협력한 이후 KDKA는 최초의 스포츠 방송국으
로 탄생했다. 방송국은 1921년 8월 5일에 있었던 피츠버그 파이
리츠 야구 경기 중계로 스포츠 방송을 시작했다.

　그 후 프로그램을 제작하는 방송사의 필요에 의해서 스포츠와
방송을 결합하는 일들이 계속해서 발달해 왔다. 방송사는 제작
비용을 많이 들이지 않으면서 대중의 흥미를 끌 수 있는 프로그
램을 만들어야 했다. 그런 방송국에 스포츠는 완벽한 해결책이
었다. 방송과 스포츠 간의 결합 초기 단계에 스포츠 팀 구단주들
은 '방송'이라는 새로운 기술을 경계했지만, 당시 방송은 많은
인기를 얻고 있지 않았기 때문에 구단주들은 스포츠 방송 자체
를 반대하지는 않았다.

　방송 청취자 수가 점차 증가함에 따라 스포츠 팀 구단주들은,
관중들이 경기 티켓을 구매해서 관람하는 대신 집에서 라디오
중계로 경기를 공짜로 들을까 봐 걱정하기 시작했다. 따라서 특

정 스포츠 행사에 대한 권리를 둘러싼 문제를 즉시 해결해야 했다. 몇 차례의 법정 소송에서 스포츠 팀 구단주가 스포츠 경기에 대한 모든 권리를 소유한다는 데 승인을 받았다.

그 후 한 스포츠 팀에서 경기 중계방송을 허락하지 않는 사례가 생겼다. 그런데 아칸소 주 리틀록에 있는 KGHI 방송국이 경기장으로부터 수십 미터 떨어진 나무 위에 플랫폼을 세워 전화선을 연결하고 경기를 중계했다. 결국 1934년 지방 법원은 나무 위에 설치한 플랫폼을 철거하라고 통보했다.

1938년 파이리츠 경기를 중계할 권리에 대한 대가를 지불하고 중계권을 획득했던 두 방송국에서 KQV가 파이리츠 경기를 중계했다는 이유로 소송을 제기했다. 연방 법원에서는 스포츠 경기에 대한 규정을 다시 한 번 확인시켜 주었다. 이런 소송은 방송 권리를 합법적으로 획득했던 방송사의 후원사에서 지원했다. 이 무렵 방송의 후원사가 방송 제작비용을 부담하고, 방송사가 방송 광고권을 후원사에게 파는 개념이 도입되었다.

1939년 4월 30일, 뉴욕의 텔레비전 방송사가 세계박람회에서 개회사를 하는 프랭클린 루스벨트를 특집으로 방송했다. 그 뉴욕의 텔레비전 방송은 주로 NBC 임원들을 위한 텔레비전 프로그램을 제작할 목적으로 세웠던 NBC 방송국이었다. 그 후 한 달이 채 지나지도 않은 5월 17일, NBC 방송국은 컬럼비아 대학교와 프린스턴 대학교 사이의 야구 경기를 보도함으로써 스포츠 경기를 텔레비전으로 중계한 최초의 방송국이 되었다. 그러나 그들의 경기와 인터뷰에 오직 1대의 카메라만을 사용했기 때문에 방송 범위가 제한적이었다. 그 후 발발한 2차 세계 대전은 상업적 텔레비전의 발전을 더디게 만들었다. 실제로 모든 연구와 발전들이 전쟁을 돕는 데 총력을 기울였고, 미국연방통신위원회Federal Communications Commission, FCC는 2년 동안 그 어떤 새로운 방송 허가증의 발급도 허락하지 않았다.

닐슨 미디어 리서치 회사는 텔레비전을 시청하는 가구가 1949년 9퍼센트에서 1954년 64.5퍼센트로 가파르게 증가했다는 것을 발견했다. 텔레비전은 확실히 미국 대중들에게 정보와 즐거움을 제공하는 주요 매체로 자리매김했다.

라디오와 마찬가지로 텔레비전에서도 스포츠는 상대적으로 제작비용은 적게 들이면서도 높은 시청률을 올리는 프로그램이었다. 초기 텔레비전 방송에서는 복싱이 방송을 하기에 가장 손쉬운 스포츠였다. 그 결과 복싱 경기가 초기 텔레비전 편성표를 장악했다. 복싱은 상대적으로 작은 실내 공간에서 했고, 매우 적은 수의 카메라로 중계할 수 있었기 때문에 제작비용이 적게 들었다. 뿐만 아니라 복싱은 계절에 구애받지 않는 스포츠였기 때문에 텔레비전 방송으로 적격이었다. 듀몽 방송사는 최초의 프로미식축구 경기와 최초의 드라마를 포함한 다른 여러 가지 방영 기록들을 가지고 있는 방송사였다. 또한 그런 기록들과 함께 복싱을 텔레비전으로 중계한 최초의 방송사이기도 했다. 일찍이 야구, 특히 월드시리즈는 인기 있는 텔레비전 방송이었다. 1947년 NBC는 첫 번째 월드시리즈를 중계했다. 26년 전 NBC가 라디오로 첫 번째 월드시리즈를 중계했을 때처럼 시합을 하는 양 팀 모두 뉴욕 출신이었다.

골프 중계의 탄생

골프 중계가 인기를 모으는 데는 더 긴 시간이 걸렸다. NBC 텔레비전 아침 방송 '투데이'의 친절한 진행자로 명성을 얻었던 데이브 게로웨이는 1938년도 유명인 골프 대회에 출전했다. 그는 허리에 두꺼운 무선 라디오 송신기를 차고 다니며 KDKA 방송사를 통해 대회의 일거수일투족 모든 과정을 자세히 중계했다. 자신도 유명인 골프 대회에 출전하고 있었기 때문에 두꺼운 무선 라디오 송신기를 들고 라운드를 누볐다. 부피가 큰 무선 라디오 송신기 때문에 그는 스윙을 제대로 할 수가 없었다. 다행히도 그 대회에서 세운 게로웨이의 점수 기록은 남아 있지 않다. 앞에서도 언급했던 것과 같이 그 당시에 골프는 대중을 위한 스포츠가 아니었다. 그래서 그의 중계방송은 일반 청취자들로부터 관심을 거의 끌지 못했다. 골프가 폭넓은 사람들로부터 관심을 끌기 시작한 것은 1952년 미국의 대통령으로 드와이트 아이젠하워가 선출되면서부터였다.

2차 세계 대전에 참전한 연합군 총사령관이었던 아이젠하워는 열광적인 골프 마니아였다. 또한 골프를 대중화하는 노력에 앞장섰다. 아이젠하워는 정기적으로 골프를 쳤다. 심지어 백악관 잔디 위에 퍼팅그린을 설치해서 회의 사이에 이따금씩 퍼팅 연습을 했다. 아이젠하워는 마스터스 대회와 바비 존스의 본고장 어거스타 내셔널 골프클럽의 회원이었다. 그러므로 그가 매년 마스터스 대회에 관심을 가진 것은 당연했다.

1950년대 후반 골프 중계방송이 폭발적으로 늘어났다. 아이젠하워의 영향도 있지만 무선 텔레비전 장비가 더 작아졌기 때문이었다. 작아진 방송 장비는 2헥타르가 넘는 골프 경기장에서 동시에 이루어지는 경기를 중계할 수 있게 해 주었다. 이 시기 사람들은 여가에 더 많은 돈을 지출했고, 더 많은 사람들이 골프를 쳤다. 골프 중계방송 시청률은 가장 시청률이 높은 세 가지 텔레비전 스포츠인 야구, 미식축구, 농구 수준까지는 가지도 못했지만, 후원사들은 골프 대회의 광고권을 사들이는 데 열성적이었다. 골프가 세 가지 텔레비전 스포츠에 비해서 상대적으로 시청률이 낮은데도 광고주들이 몹시 탐냈던 이유는 골프 중계를 보는 인구층 때문이었다. 골프 중계의 시청자들은 주로 고급 자동차를 몰고 개인 사업을 하거나 투자 회사를 경영하며 여행을 다니는, 그리고 프로 선수들이 사용하는 골프 장비와 같은 고급 제품들에 관심 있는 사람들이었다.

골프 스타
아놀드 파머

그러나 무엇보다도 골프 중계방송이 인기를 얻게 된 가장 큰 요인은 아놀드 파머의 등장 때문이었다. 타이거 우즈 이전의 골프 역사에서 아놀드 파머는 가장 인기 있을 뿐만 아니라 가장 텔레비전 방송에 걸맞은 개성을 가지고 있었다.

아놀드 파머는 펜실베이니아 주 라트로브에서 프로 골퍼의 아들로 태어났다. 그의 아버지 밀프레드 디콘 파머는 라트로브 컨트리클럽에서 골프장 코스 관리인이자 클럽 프로로 일했다. 아놀드 파머는 골프 코스에서 아버지의 일을 열심히 도왔다. 그러면서 그의 골프 재능은 고도로 발전했다. 그는 웨이크포레스트 대학교 4학년 때 학교를 그만두고, 해안경비대에서 3년간 일했다. 그 후, 파머는 1954년도 US 아마추어 챔피언십에서 우승했다. 그는 윈프레드 위니 왈저를 만나서 결혼하고, 본격적으로 프로 골퍼로 활동했다.

전문 운동선수로서 프로 골퍼는 따분한 사람이라고 생각되던 시절에 아놀드 파머는 뜻밖의 인물이었다. 골프는 직접 참여하는 사람을 제외하고는 모두에게 지루하다고 여겨졌다. 하지만 파머는 골프 시합을 재미있게 만드는 새로운 요소를 가져왔다. 그는 단지 대회에서 우승만 하는 것이 아니라 사람들을 압도했다. 방송의 발달과 함께 동시에 여러 홀에서 선수들을 가까이 보도할 수 있게 되자, 텔레비전은 파머의 경기 스타일을 자세히 설명했다.

마스터스 대회 중 파머와 관련된 하나의 일화가 있다. 파머는 마스터스 대회에서 선두를 달리고 있었다. 마지막 몇 홀에서 포트 고든당시 캠프 고든의 군복을 입은 육군이 점수판에 '아놀드의 군대'라고 쓴 사인을 걸어 놓았고, 그때부터 텔레비전 해설자들은 아놀드 파머의 팬들을 아놀드의 군대라고 부르기 시작했다.

마스터스 대회는 1956년에 최초로 텔레비전으로 중계되었다. 그때 당시 재키 버크가 마지막 날에 아마추어 켄 벤투리와의 8타 차이를 따라잡고 1타 차이로 우승했다. 1958년도 마스터스 대회에서 아놀드 파머는 자신의 첫 번째 메이저 골프 대회 우승기록을 세웠다. 그 당시 12번 홀에서 한 가지 사건이 일어났다.

파머의 공이 그린 뒤쪽 둑에 박혔다. 대회 전날 밤의 폭우로 인해 선수들에게 박힌 공을 들어서 떨어뜨리는 것을 허락한다는 규칙이 명시되어 있었다. 하지만 12번 홀에 있던 대회 관계자는 그 규칙이 파머의 공이 박혀 있었던 곳에도 적용되는 것인지 아닌지 확신하지 못했다.

파머는 첫 번째 공으로 5타를 쳤었는데, 두 번째 공으로 3타를 쳤다. 그 이후 3개의 홀에서 이글을 잡을 수 있는 긴 퍼팅을 성공시킨 후에야 파머는 두 번째 공의 타수가 점수로 인정되었다는 통지를 받았다. 파머는 켄 벤투리를 1타 차이로 이겼다. 켄 벤투리는 2004년 자신의 자서전 《종횡무진-나의 골프 인생 60년》에서 논쟁을 일으켰던 1958년도 마스터스 대회 사건을 재확인했다. 벤투리는 파머가 첫 번째 공으로 더블보기를 했을 때 이미 두 번째 공으로 경기를 할 생각을 가지고 있었다며 파머가 규칙을 어겼다고 언급했다. 그러나 골프 규칙의 복잡함과는 상관없이 파머와 골프에 대한 대중의 관심은 점점 더 커졌고 전국 텔레비전 방송 시청자들도 더 늘어났다.

　1960년도 마스터스 대회에서 파머는 다시 한 번 켄 벤투리를 1타 차이로 이기기 위해 남은 2개의 홀에서 버디를 해야만 했다. 파머는 17번 홀에서 9미터 퍼팅과 18번 홀에서 1.8미터 퍼팅을 성공시켰다. 그로써 파머는 그해 다섯 번째 우승을 차지했다.

　2년 후 마스터스 대회에서 파머는 처음으로 게리 플레이어, 다우 파인스터월드와 삼자 간 결승 시합을 했다. 파머는 3타 차이로 이겨 자신의 세 번째 마스터스 대회 타이틀을 따냈다. 1964년도 마스터스 대회 첫 라운드에서 파머는 공동 선두로 대회를 이끌었고, 두 번째 라운드를 끝냈을 때 6타 차로 단독 선두로 올라섰다. 결국 파머는 자신의 마지막 마스터스 대회에서 우승했다. 파머는 마스터스 대회에서 네 차례 우승한 최초의 선수가 되었다. PGA 투어, 특히 마스터스 대회에서 파머의 경기 중계방송은 골프는 말할 것도 없이 여느 프로그램에서의 시청률보다 높은 텔레비전 시청률을 기록했다. 파머는 골프를 뛰어넘어 많은 분야에서 비즈니스 기회를 창출했다.

　파머가 해안경비대를 그만두고 1954년부터 프로 골퍼로 활동하기 전까지 그는 자신이 살던 클리브랜드에서 세일즈맨으로 일했다. 그 무렵 파머는 대학 골프에서 시합할 때 만났던 젊은 변호사 마크 맥코맥과 다시 만나게 되었다. 마크 맥코맥은 듀크 대학교를 졸업하고 클리브랜드 로펌에서 일하기 시작했을 때였다. 아놀드 파머와 마크 맥코맥의 관계는 스포츠에서 가장 높은 수익성을 창출했던 만남으로 발전했고, 스포츠 매니지먼트 산업의 시작을 이끌었다.

세계 최초의 스포츠 에이전트

파머는 제품을 후원받은 최초의 스포츠 스타는 아니었다. 일찍이 1905년에 '날아다니는 네덜란드인'이라는 별명이 붙은 호너스 와그너는 힐러리치 앤드브래즈비에서 만드는 루이빌 슬러거 배트에 자신의 서명을 사용하게 하는 계약에 서명했다. 와그너는 힐러리치와 계약한 첫 번째 야구 선수였을 뿐만 아니라 제품 후원을 받은 최초의 프로야구 선수였다. 역사상 가장 위대한 야구 선수 타이 콥도 1906년에 루이빌 슬러거 배트에 사인을 사용하게 하는 힐러리치 앤드브래즈비와의 계약에 서명했다.

아놀드 파머가 PGA 투어를 시작했을 때, 많은 프로 선수들은 대회 전 시범 경기를 통해서 부수입을 얻었다. 1958년, 파머는 마크 맥코맥과 그의 파트너 딕 테일러에게 자신을 대신해서 이런 시범 경기에 일정을 잡아 달라고 요청했다. 그해에 맥코맥은 전국스포츠매니지먼트를 만들고, 아놀드 파머와 다우 핀스터월드를 대리했다. 다음 해에 파머는 맥코맥에게 자신의 모든 일들을 대리해 달라고 요청했다. 그리하여 맥코맥은 세계 최초의 스포츠 에이전트가 되었고, 전국스포츠매니지먼트는 곧 국제경영 그룹인 IMG가 되었다.

그 후 IMG는 스포츠계를 넘어 다국적 기업으로 발전했다. 회사는 주로 유명 운동선수들을 대리하는 역할을 했다. 그 외에도 IMG는 새로 경기를 개최하고 운영하는 것에 관여했다. 그 대회에서 IMG 소속 운동선수들이 경기를 하고, 그들이 획득한 상금은 다시 수수료 명목으로 IMG에게 이익이 되었다. IMG는 사실상 엔터테인먼트 산업의 모든 분야로 영역을 확장했다. IMG 사업이 어디까지 영향력을 미치는지에 대하여 그 범위를 보여 주는 예가 있다.

"책의 작가는 IMG 라이브러리로 대리되고, 출판과 배포는 IMG 퍼블리싱으로 대리된다. IMG가 창설한 골프 대회에서 기자 회견하는 골퍼들은 IMG 고객들이고, IMG는 고객들이 받는 출연료의 수수료를 가져간다. 에이전시는 스폰서들로부터 돈을 받고, 텔레비전의 권리를 판다."

세계 골퍼 랭킹을 창설할 생각을 처음 한 사람은 마크 맥코맥이었다. 세계 골퍼 랭킹은 프로골프를 세계화시켰다. 또한 IMG는 주니어 스포츠 영재들을 육성하는 것에 관심을 가졌다. IMG는 플로리다 주 브레이든턴에 닉 볼리티에리의 테니스 캠프를 사들여서 IMG 아카데미를 개설했다. 그곳에는 자신의 아이에게 프로 커리어를 쌓게 해 주거나 대학교 장학생을 꿈꾸며 비싼 수업료를 지불할 용의가 있는 부모들과 어린 선수들이 모여들었다. 많은 부모들이 아이들과 함께 IMG 캠퍼스 내의 콘도를 31만 달러에 구매해 살았다.

잭 니클라우스는 1960년도 US 오픈에서 우승하고, IMG의 고객이 되었다. 타이거 우즈 이전까지 파머와 니클라우스는 프로골퍼의 전형이었다. 또한 IMG는 남아프리카 공화국 출신의 골퍼 게리 플레이어를 대리했다. 게리 플레이어는 아놀드 파머, 잭 니클라우스와 함께 4대 메이저 챔피언십에서 우승했던 5명의 골퍼들 중 하나였다. 이 3명의 선수들은 투어에 가장 많이 초청되고, 가장 높은 출전비를 받는 선수들이었다. 그러나 오늘날 타이거 우즈가 받는 돈에 비하면 그들이 받은 돈은 많지 않았다.

IMG는 소속 운동선수들이 대회에서 우승하는 것을 넘어 그들에게 성공의 이미지를 불러일으키려고 애썼다. 그들의 노력은 어느 정도 성공적이었지만, 1960년에 대부분의 고객들은 비교적 소소하고 많은 계약에 의존해야 했다. 운동선수들은 계속해서 일을 해야만 했다. 뿐만 아니라 IMG 소속 선수들은 돈을 벌었지만, 더 큰 부를 창출하기 위해 그 돈을 다시 투자해야 했다. 파머와 니클라우스는 몇 번이고 투자에 실패했다. 파머는 캐딜락 자동차의 판매 대리점에 투자했다가 결국에는 손해를 보고 팔아야만 했다. 니클라우스도 다양한 사업에서 많은 기복을 겪었다.

초기 IMG 소속 선수들과 오늘날 유명 선수들의 상업적인 규모 차이가 발생하는 원인을 알아보려면 다른 요소들이 필요하다. 사회적 풍토의 변화는 타이거 우즈 같은 사람들의 잠재적인 시장에 호소하는 힘을 키우는 데 도움을 주었다. 인권 운동 초기의 1960년대 미국과 비교해 보면, 실제로 오늘날 모든 사람들의 다문화주의에 대한 폭넓은 수용이 혼혈인 젊은 운동선수들의 상업적인 가능성을 더 넓혀 주었다. 결정적인 이유로는 파머와 니클라우스의 시대보다 오늘날 운동선수들의 기량이 명백하게 더 뛰어나기 때문이다.

타이거 우즈의 마케팅 영향력

스포츠 마케팅의 개념을 개척했던 사람으로 파머와 니클라우스를 뽑는 것은 정확하다. 그러나 스포츠 마케팅의 사업 환경 변화를 불러일으켰던 사람은 타이거 우즈이다. 타이거 우즈의 스폰서 계약금을 평균적으로 계산해 보면, 그는 계약 1건당 약 천만 달러를 벌어들였다. 뿐만 아니라 타이거 우즈는 자신의 돈을 다시 투자해야만 하는 일도 거의 없었다.

1960년과 오늘날의 문화적 풍토 차이는 아주 크다. 1960년대 초기와 견주어 보면 요즘의 미디어 침투는 압도적이다. 미디어는 유사한 사업체를 인수하고, 절약된 비용으로 사업체의 제품을 교차 광고함으로써 마법 같은 시너지 효과를 불러일으키며 더 많은 수단과 더 많은 기회를 제공했다. 그러므로 텔레비전 아침 프로에서 그들의 모회사나 자회사가 제작한 영화를 주제로 이야기하는 것은 단순한 우연의 일치가 아니다. 광고 캠페인은 제품의 브랜드 위에 세워졌다. 만약 제품의 브랜드가 소위 말하는 운동선수의 브랜드와 잘 맞는다면 캠페인은 성공할 수 있다.

나이키는 뛰어난 운동선수들을 모두 끌어 모았다. 농구의 마이클 조던, 축구의 미아 햄, 육상의 마이클 존슨, 그리고 골프의 타이거 우즈까지 모두 나이키를 대표했다.

모든 사람들이 광고를 수용하고 있지만 광고에 드는 비용이 제품의 판매량을 반영하는지 아닌지에 대한 의문이 계속 있었다. 1996년 8월, 타이거 우즈의 인기가 절정이었을 때 나이키의 주식은 주당 75달러에 팔렸다. 그리고 2001년에 나이키의 주식은 다시 주당 35달러로 하락했다. 타이거가 주식의 금액에 얼마만큼 관련이 있었는지는 불분명하다. 유명인사와 기업 간 계약의 가치는 예측할 수 없는 수학의 영역이다.

펜실베이니아 대학교 와튼 스쿨의 교수 러스 애코프는 맥주를 구매할 때 영향을 끼쳤던 요인들을 측정하는 연구를 수행했다. 그리고 가장 신뢰성이 높은 구매 결정 요인은 날씨였다고 결론을 내렸다. 날씨가 더울수록 사람들은 맥주를 많이 구매했다. 이와 같은 연구 결과와는 반대로 광고주들은 자신들의 제품을 타이거 우즈가 사용토록 하기 위해서 더 열성이었다.

기업과 타이거 우즈는 IMG 에이전트 휴즈 노튼을 통해서 접촉했다. 휴즈 노튼은 하버드 대학교와 예일 대학교를 졸업하고,

1972년 IMG에 합류했다. 노튼은 IMG에서 자신의 첫 번째 선수였던 그렉 노먼과의 결속력이 시들해진 이후, 얼과 타이거 우즈를 IMG와 계약하도록 설득시키면서 업계에서 살아남았다. 초반에 노튼은 우즈 가족의 비위를 맞추기 시작했다. 그리고 타이거의 주니어 골프 활동 시절 얼이 IMG에서 스카우터로 일하도록 해 주었다. 노튼의 이러한 목적에 대해서 많은 추측이 있었지만 타이거가 IMG의 고객이 될 것이라는 데 의문의 여지가 없었다. 언론에서는 타이거의 일을 처리하는 휴즈 노튼에 대해서 비판했다. 특히 타이거의 초기 활동 시기에 그러한 상황들이 많이 생겨났다.

존 파인스타인은 유명한 작가이자 미디어 논평가였다. 그는 얼 우즈와 IMG가 타이거를 다루는 것에 부정적인 기사를 쓰고 인터뷰를 했다. 파인스타인은 타이거 우즈의 순간적인 명성을 자본화하기 위해 급급한 IMG가 골프 대회가 아닌 기업들과의 회의나 다른 행사 일정을 잡고 있다고 비난하며, IMG가 스폰서 계약과 기업과의 관계를 쌓아올리기보다는 타이거가 골프 대회에서 우승할 수 있도록 하는 데 집중해야 한다고 경고하는 글을 썼다. 또한 얼 우즈에 대해서는 화려하게 테니스에 입문했지만 부진을 면치 못했던 제니퍼 카프리아티의 아버지 스테파노 카프리아티와 비교하며 비난했다.

이 무렵 IMG는 타이거가 《골프 다이제스트》와 《골프 월드》 중에서 어떤 잡지에 경기 주필자로 활동해야 할지 고민하고 있었다. 존 파인스타인은 《골프 월드》에 글을 쓰고 있었다. 《골프 월드》의 편집자 조지 페퍼는 타이거 우즈 측과 존 파인스타인의 오해를 풀고, 타이거 우즈를 자신의 잡지에서 활동하도록 하기 위해 노튼과 만났다. 노튼은 만약 파인스타인이 타이거와 얼을 더 이상 비판하지 않는다면, 진지하게 《골프 월드》를 타이거가 활동할 잡지로 고려해 보겠다고 암시했다. 그러자 파인스타인은 편집자가 자신의 글을 조금이라도 수정한다면 그만두겠다고 발표했다.

결국 타이거 우즈는 《골프 다이제스트》와 계약을 맺었다. 이때의 일로 어떤 문제가 생겼을 때 노튼이 어떻게 자신의 고객을 대리하는지 분명하게 드러났다. 잘못된 관리였는지 아니면 여느 사업 부문에나 존재하는 대인 관계의 충돌과 의견 차이 때문이었는지는 알 수 없지만, 얼의 건강이 악화되던 2000년부터 타이거는 스스로 자신을 관리하기 시작했다. 그때는 아직 나이키 캠페인을 계약하기 전이었다.

타이거 우즈와 나이키와의 관계

운동화를 판매하는 기업, 나이키에 대한 구상의 발단은 필 나이트의 학기말 리포트에서 시작되었다. 나이트는 오리건 대학교에서 육상 선수로 활동했다. 나이트의 코치는 빌 바우어만이었다. 바우어만은 나중에 장거리 육상 선수 스티브 프리폰테인의 후견인이 되었다. 이후 나이트와 바우어만은 나이키를 공동 창업했다.

나이키는 새로운 1세대 기업들 중 하나였다. 오리건 주 비버톤에 있는 나이키 본부는 캠퍼스라고 불린다. 왜냐하면 드라이클리너, 체육관, 이발소, 그리고 칠면조의 무게를 재는 저울이 있는 카페까지 갖추어져 있고, 각 직원들의 특색을 이루는 사무실 분위기와 '모든 사람들이 마음만은 대학생이지 않는가?'라는 슬로건 때문이다. 맨 처음 나이트가 어린 스타 타이거에게 관심을 갖게 된 것은 타이거가 오리건 주에 있는 웨이벌리 컨트리클럽에서 열린 US 주니어 아마추어 챔피언십에서 세 번째로 우승했을 때였다. 나이키는 타이거가 카메라를 향해 말하는 텔레비전 광고 캠페인을 구상했다.

"아직까지도 미국에는 저의 피부색 때문에 경기를 할 수 없는 골프장이 있어요. 안녕, 세상아. 세상은 저에게 아직 준비가 되지

231

않았다고 하네요. 세상은 저를 위해 준비가 되었나요?"

광고는 즉시 골프 사회와 언론 내에서 큰 반향을 일으켰다. 《워싱턴 포스트》의 칼럼니스트 제임스 글래스만은 칼럼에서 타이거가 경기하는 걸 허락하지 않은 골프장이 도대체 어디에 있겠느냐며 비판했다. 또한 미국골프협회 전무이사 데이비드 파예는 광고 속에서 타이거가 입고 있던 골프 셔츠가 여성 회원을 받지 않던 휴스턴의 로킨바 골프장 로고였다고 지적했다.

모든 사람들은 광고 내용이 사실과 다르다는 데 동의했다. 미국 내에서 흑인들이 경기할 수 없는 골프장이 있었다는 사실은 인정해도, 타이거 우즈를 못 들어오게 할 골프장은 없었다. 비평가들은 캠페인 이전에 타이거 우즈는 자신의 인종을 신경 쓰지 않았는데, 왜 갑자기 피부색을 화제가 되게 만들었는지 의문을 제기했다. 실제로 이전부터 타이거 우즈는 기자들에게 자신을 흑인이나 동양인이 아닌, 미국인으로 언급해 달라고 요청했다.

타이거 우즈는 자신이 논쟁을 일으키는 광고 메시지를 원했고 그 광고문을 수락했다고 인정했다. 그는 사람들이 이 문제에 대해 인식하고 언급하게 되기를 원했다고 말하면서 쏟아지는 의문에 답했다. 자신은 이제 더 이상 인종차별의 대상이 되지 않지만, 자신이 성장하는 동안은 인종차별의 대상이었다고 덧붙였다.

하지만 골프 전통주의자들은 컨트리클럽 골프 스타일이라기보다는 도시의 남자다움을 과시하는 모습을 그려낸 정면 얼굴 광고에 불편함을 느꼈다. 이 광고의 적절성과 관계없이 골프 사회의 반응은 새로운 유명인사에 대한 감정을 여실히 보여 주었다.

논란의 중심에 섰던 광고 캠페인은 재빠르게 방송 채널에서 사라졌다. 그리고 타이거의 부드러운 이미지 광고로 대체되었다. 이미지 광고에서는 타이거 우즈와 자신을 동일시하는 다양한 인종의 아이들이 연속적인 사진으로 등장했다. 광고의 분명한 메시지는 타이거가 모든 사람들을 대표한다는 것이었다. 다시 한 번 나이키의 광고는 논쟁의 도마 위에 올랐다. 언론은 나이키가 타이거 우즈를 기업 이미지를 위해 이용하고 있다는 사실에 집중했다.

타이거 우즈의 프로 활동 초기에 제작했던 광고 중에서 가장 성공적이었던 광고는 타이거가 골프클럽 아래에 있는 공을 튕겨 올리는 동안 카메라를 바라보며 말하는 것이었다. 타이거는 공을 튕기는 동안 연속적인 재주를 선보였다. 그리고 마지막에 공을 자신의 머리 위로 튕겨 올려 다시 바닥에 떨어지기 직전 풀 스윙으로 공을 페어웨이로 날려 보냈다. 평론가들은 광고에서 어떤 특별한 편집 효과를 준 건 아닌지 궁금해 했다. 하지만 광고를 촬영하는 동안 타이거가 그 묘기를 5번 만에 성공했다는 사실이 알려졌다. 타이거는 어린 시절 골프를 연습했던 캘리포니아 하트웰 골프장 파3 골프 코스에서 자신의 차례를 기다리는 동안 그런 재주를 개발했다고 설명했다.

나이키 광고 캠페인 초기, 나이키의 로고는 거의 모든 영상과 사진 속에서 드러났다. 그러나 나이키의 제품을 만드는 외국인 노동자들의 열악한 작업 환경에 대해 비판이 제기되면서부터, 나이키는 자사의 로고가 지나치게 많이 노출되는 데 대해 우려하기 시작했다. 나이키는 자사의 로고에 대해 '스우시스티카'라고 부르는 소비자 모임으로부터 논평을 듣기 시작했다. 그 결과 나이키는 자사 제품을 홍보하는 슈퍼스타들만의 개별적인 로고를 개발하기로 결정했다. 마이클 조던은 점프하는 남자를 상징하는 로고로 동일시되었다. 그리고 나이키는 타이거 우즈의 로고를 TW 이니셜을 조합해서 개발했다. 그 후 나이키는 자사 로고를 운동선수의 개별적인 로고로 대체하기 시작했다.

스포츠 마케팅에서 제품 후원이 얼마나 중요한지를 보여 준 좋은 예는 타이거와 타이틀리스트와의 관계였다. 타이틀리스트는 높은 판매고를 올리는 골프공을 제조했다. 타이틀리스트 골프공의 판매량이 높은 이유는 많은 프로 골퍼들이 다른 골프공보다 타이틀리스트의 골프공을 사용하고 있기 때문이었다. 우수한 아마추어 골퍼들과 취미 골퍼들이 타이틀리스트의 ProV1 골프공을 더 많이 사용하게 되었다.

골프 경기에서 선수들에게 제품을 후원하는 것은 다른 스포츠 마케팅과는 달리 매우 중요한 마케팅 수단이다. 골프에서는 취미 골퍼들도 프로 선수들이 경기하는 곳과 같은 골프장에서 골프를 칠 수 있었고, 같은 골프 장비를 사용할 수도 있었다. 많은 프로 골퍼들이 사용하는 특정한 브랜드의 골프공은 취미 골퍼들이 주말 경기를 위해서 그 골프공을 구매하도록 만들었다. 2004년 11월 투어 챔피언십 기간 동안 전 세계 152개 시합에서 모든 우승자들이 타이틀리스트 골프공을 사용했다. 소비자들은 이것을 손쉽게 알아차렸다.

타이거 우즈는 프로로 전향한 3년 동안 300만 달러를 지급받고, 타이틀리스트의 골프공과 골프 장갑, 가방을 사용하기로 계약했다. 그 이후 타이거 우즈가 골프 대회에서 타이틀리스트 골프공을 티 위에 올려놓을 때마다 회사는 큰 이익을 얻었다. 2000년에 타이거가 사용하는 골프공의 엄청난 성공으로 인해 나이키도 자신들만의 골프공을 생산하기 시작했다. 실제로 나이키가 골프공을 생산했던 것은 아니었다. 일본의 브리짓스톤과 미국의 월슨이 나이키를 위해 골프공을 만들었다. 실제로 타이거 우즈가 나이키의 골프공을 사용하지는 않았지만, 타이틀리스트는 타이거가 출연하는 나이키 광고 때문에 소비자들이 타이거가 나이키 골프공을 사용한다고 착각할까 봐 우려했다. 타이틀리스트는 나이키를 상대로 소송을 제기했고, 그 결과 타이거 우즈가 골프 대회에 출전할 때마다 타이틀리스트 골프공을 사용하도록 하는 계약이 추가되었다.

타이틀리스트와의 계약이 끝난 후 타이거는 나이키 골프공으로 교체했고 나이키 골프클럽을 사용하기 시작했다. 나이키는 타이거 우즈와 체결한 계약에서 타이거 우즈가 선택하는 장비는 무엇이라도 사용할 수 있다고 명기했다. 타이거 우즈의 높아진 지위는 그러한 자유를 가능하게 했다. 나이키는 계약 내용과 관련하여 자사 제품에 대한 자신감을 보여 주기 위해 광고를 제작했다. 2003년 타이거가 다시 타이틀리스트 드라이버를 사용하겠다고 발표할 때, 이 자유는 행사되어졌다.

　IMG가 타이거를 대리해 체결한 또 다른 기업 스폰서는 아메리칸 익스프레스였다. 타이거는 금융 서비스를 위한 이상적인 대변인을 표현했다. 한 텔레비전 광고에서 타이거가 도시 풍경 속에서 자신의 목표에 도달하기 위해서 장애물을 뛰어넘어 골프를 치는 모습을 보여 주었다. 아멕스 카드를 사용하는 사람은 모든 어려움들을 극복할 수 있을 거라는 메시지를 전달하려고 노력했다. 초현실적인 스타일의 광고에도 불구하고 타이거와 멋진 인생 사이의 관련성은 대중에게 인식되었다.

　타이거와 아메리칸 익스프레스와의 계약 때문에 아메리칸 익스프레스의 경쟁사가 PGA 투어 후원사였을 때 충돌할 가능성이 있었다. 타이거는 1997년 처음으로 마스터카드 콜로니얼 대회에 참가했다. 그다음 몇 년 뒤에 타이거는 유럽에서 열리는 도이치뱅크 독일 오픈에 참가하기로 했다. 도이치뱅크 독일 오픈은 IMG에 의해서 운영되고 있었고, 타이거는 도이치뱅크 독일 오픈 출전비를 받았다.

　이와 비슷하게 타이거 우즈는 2000년 메르세데스 챔피언십에서 우승하고, 메르세데스 자동차와 함께 2001년 메르세데스 챔피언십의 초청권을 받았다. 이때 소비자들은 타이거가 홍보하고 있는 스폰서 회사의 뷰익보다 메르세데스를 이용할 것이라고 생각했다.

자동차보다 더 중요한 제품 브랜드 광고는 없다. 그러므로 광고업계 종사자들은 타이거가 페라리나 람보르기니가 아닌 중산층 소비자를 타깃으로 하는 심소한 뷰익과 스폰서 계약을 체결했다는 데 놀랐다. 유명인사가 저가 브랜드와 계약하면 유명인사의 이미지가 떨어질 수 있다는 것이 일반적인 법칙이었다. 동료 프로 골퍼인 퍼지 젤러는 초기에 K마트의 대변인이 되었다. 그 후 젤러는 소위 말하는 특가품 이미지를 벗어나지 못했다. 젤러는 골프 전문가의 조언 없이도 클럽을 살 수 있다는 생각을 갖고 있는 소비자를 원치 않았던 PGA 클럽 프로들로부터 심한 비난을 받았다. 하지만 타이거 우즈의 강력한 시장 호소력은 마케팅의 일반적인 법칙들을 모두 깨뜨렸다.

타이거 우즈의 호소력은 타이거가 마케팅을 대성공으로 만들었던 여러 가지 요인 중 하나였다. 그는 젊음을 숭배하는 미국 문화에서 젊은 나이에 성공했다. 타이거와 같은 나이에 골프계에서 그런 성공을 이룬 사람은 아무도 없었다. 뿐만 아니라 타이거 우즈는 잘생겼다. 그리고 타이거의 아시아인 어머니는 타이거가 태국의 뿌리를 존중하도록 육체적, 정신적으로 영향을 주었다. 타이거의 유전적 특질은 한 인종에 국한되지 않는 넓은 범위의 호소력을 만들었다. 인종차별이 세계적으로 비난받고 있는 시기에 인종차별의 오랜 역사가 있는 스포츠에서 흑인이 성공할 수 있다는 사실은 그의 인기를 더 높여 주었다.

타이거 우즈는 전 세계의 골프 대회에 출전하려고 노력했다. 그리고 그런 노력은 골프가 국제적인 스포츠로 진화하는 데 기여했다. 소니 프로 골퍼 세계 랭킹 제도가 도입되면서 골프는 국제적인 인기 스포츠로 성장했다. 1980년 골프 채널의 창설과 함께 국제적인 골프 대회가 미국 가정에서 주요한 볼거리로 등장했다. 또한 라이더컵 대회에 대한 관심은 더 나아가 국제적인 시합으로의 관심을 이끌었던 프레시던트컵을 탄생시켰다. 타이거 우즈는 골프에 대한 대중의 관심을 증가시키는 데 기여했다. 그와 동시에 그는 막대한 부와 명성을 쌓았다.

성공의 밑바탕
타이거 팀

타이거 우즈처럼 되는 것은 도전 없이는 불가능하다. 초기의 타이거와 타이거 팀은 그의 이미지 형성을 위해 애썼다. 타이거 팀은 그의 부모와 함께 신예 스타 골퍼를 지원했던 사람들의 모임이었다. 그들이 그의 성공에 얼마나 기여했는지와 상관없이 그의 부모, 특히 얼 우즈는 언제나 가장 든든한 타이거 팀의 일원이었다. 얼과 쿨티다 외에도 원래의 타이거 팀은 휴즈 노튼, 부치 하먼, 플러프 코언, 제이 브룬자, 그리고 존 머천트로 이루어져 있었다. 타이거가 프로로 전향한 후에 타이거 팀에도 변화가 있었다.

타이거 우즈의 조언자들 가운데 가장 커다란 변화는 1999년 말 IMG 에이전트로 휴즈 노튼을 대신한 마크 스타인버그가 들어온 것이다. 마크 스타인버그는 30살로 젊은 사업가였다. 그는 일리노이 대학교에서 후보 선수를 지냈으며, 1989년 미국대학 체육협회 챔피언십 동안 벤치에 앉아 있었다. 스타인버그가 노튼을 대신하게 된 것은 미묘한 상황 때문이었다. 노튼은 타이거가 주니어 선수로 활동하는 동안 얼이 IMG와 계약하는 것을 고려하도록 납득시켰고, 얼이 IMG에서 일하도록 주선했던 사람이었다. 휴즈 노튼이 많은 돈을 벌 수 있게 해 주었지만, 대회 외적인 활동의 일정을 너무 많이 잡았기 때문에 그에 대한 불만이 커지고 있었다.

클로드 부치 하먼 주니어는 1948년도 마스터스 대회에서 캐리 미들코프 박사를 5타 차이로 이겼던 클로드 하먼의 아들이었다. 클로드는 네 아들의 아버지였는데 그의 아들은 모두 훌륭한 골프 코치가 되었다. 그들 중 누구도 그들의 아버지를 이길 수 없었다. 부치 하먼은 휴스턴 대학교에 입학하여 1년을 다니고 중퇴했다. 그는 군대에 입대한 후, 아마추어 대회에서 우승했던 알래스카에서 군 복무를 했다. 그리고 베트남에서 6개월을 보냈다. 그는 2년 동안 PGA 투어에서 경쟁했다. 그 후 모로코로 가서 하산 2세 국왕의 개인 골프 프로로 일했다. 휴스턴의 챔피언십 클럽에서 열린 1993년도 US 아마추어 대회에서 타이거는 성적이 부진했다. 이때 얼 우즈는 부치 하먼과 함께 점심을 먹으면서 타이거를 가르쳐 줄 수 있는지 물었다. 부치 하먼은 그때부터 2004년까지 타이거의 코치로 활동했다.

타이거 우즈의 주니어 활동 기간 동안, 미 해군 정신의학자 제이 브룬자는 타이거의 캐디 역할과 스포츠 심리학자로서 그를 도왔다. 1996년도 US 아마추어 대회 무렵 제이 브룬자는 바이런 벨로 교체되었다. 제이 브룬자는 교체 이후 인터뷰에서 "나는 타이거가 우승을 위해 자신에게 필요한 것이 무엇인지 잘 알고 있다고 생각하며 그의 결정을 믿습니다"라고 말했다. 제이 브룬자는 캐디 교체에 대해 좋지 않은 감정을 전혀 가지고 있지 않았다.

1996년, 타이거 우즈가 프로로 전향한다고 발표했을 때, 마이크 플러프 코언은 타이거의 캐디였다. 코언은 타이거의 캐디가 되기 전에는 피터 제이콥슨의 캐디였다. 피터 제이콥슨이 허리 부상에서 회복하고 있는 도중에 플러프는 잠시 타이거의 캐디로 일했고, 결국에는 타이거의 캐디로 정착했다. 어떤 골프 사회에서는 이것이 에티켓에 어긋나는 행농이라고 주장했다. 코언은 그러한 눈총에도 아랑곳하지 않고, 자기 자신을 미디어에 노출시켰다. 코언은 광고에도 출연하며 미디어에 우호적이었다.

1999년도 닛산 오픈에서 타이거는 코언에게 잠시 동안 캐디 없이 자신이 직접 골프 가방을 들겠다고 말했다. 전하는 바에 따르면, 그 이유는 코언이 미디어에 지나치게 자신을 노출시켰기 때문이었다. 코언은 《골프 다이제스트》와의 인터뷰에서 자신이 받는 보수를 밝혔다. 결국 타이거는 텔레비전에서 코언의 인터뷰를 보고는 그를 해고했다.

"일주일에 1천 달러를 받습니다. 우승했을 때와 10위 안에 들었을 때는 상금의 10퍼센트를 추가로 받습니다."

타이거의 새로운 캐디는 많은 면에서 플러프 코언과 대조적이었다. 언론과는 전혀 접촉이 없는 뉴질랜드 사람인 스티브 윌리

엄스였다. 그가 타이거와 계약할 당시 레이몬드 플로이드와 일
하고 있었다. 스티브 윌리엄스는 플로리다에서 열린 1999년도
베이힐 인비테이셔널에서 처음으로 타이거의 골프 가방을 들었
다. 스티브 윌리엄스는 키가 컸으며 말끔하고 운동선수다웠다.
골프에도 상당한 실력이 있었다. 윌리엄스는 종종 타이거와 연
습 경기를 했다. 플러프는 기자들과 만나는 것을 즐겼던 반면 윌
리엄스는 라운드가 끝난 후 어디에서도 흔적을 찾을 수 없었다.
또한 어떤 텔레비전 광고에서도 윌리엄스를 찾아볼 수 없었다.

존 머천트는 미국골프협회 이사 위원회에 선정된 최초의 흑인
이었다. 그리고 그는 타이거의 아마추어 선수 활동 기간 동안 타
이거의 아마추어 지위와 관련된 몇 가지 결정들에 관여했다. 코
네티컷 변호사인 존 머천트는 1990년대 중반 미국 소수자 골프
마당이라고 불리는 단체에서 얼 우즈와 함께 일했다.

이 단체는 매년 소수자 사회에서 골프의 성장을 도모하려고
노력했다. 《골프 다이제스트》와 타이틀리스트를 포함한 몇몇 회
사들에서 이 단체를 후원했다. 존 머천트는 한때 타이거 우즈 재
단에서 일했다. 하지만 1996년 12월 그는 해고되었다. 타이거는
자신이 결정한 것이라고 말했지만, 존 머천트는 자신이 얼에 의
해서 해고되었다고 말했다.

"그 이후에 나는 타이거와 말하지 않았습니다. 나는 처음에 어리 둥절했습니다. 하지만 이제는 그 일을 잊어버리려고 합니다."

타이거 팀의 새로운 일원은 그렉 맥래플린이었다. 얼과 타이거는 맥래플린이 대회 책임자였던 1991년도 닛산 오픈과 1992년도 혼다 클래식에서 처음 만났다. 그 이후 맥래플린은 미국서부 골프협회Western Golf Association, WGA의 이사로 근무했다. 맥래플린은 타이거가 자기 관리를 잘하고 있다는 내용의 인터뷰를 했다.

"전 1997년과 1999년 사이의 커다란 변화를 알아봤습니다. 스윙이 바뀐 것이 한 가지 변화이긴 했지만, 그런 변화와 함께 훨씬 더 큰 변화가 보였습니다. 타이거는 모든 면에서 2년 전보다 훨씬 더 발전하고 있습니다. 경험이 쌓이고, 나이가 더 들고, 성숙해짐에 따라 그는 무엇이든지 잘해낼 겁니다."

타이거 우즈의 연인들

타이거 우즈가 성장하고 명성을 얻으면서 대중은 타이거의 사생활에 대해 더 많은 정보를 알고 싶어 했다. 최초로 공개된 연인과의 열애는 요안나 야고다가 쿨티다와 함께 이따금 타이거가 출전하는 대회에 참석하기 시작하면서 분명해졌다. 야고다는 페퍼다인 대학교 로스쿨을 다니며 대학 치어리더로도 활동했다. 그녀는 투어 프로 선수의 여자 친구에게 맞는 전형적인 외모를 갖고 있었다. 키가 큰 금발에다 상당히 매력적이었다.

1999년도 라이더컵 대회에서 저스틴 레너드는 17번 홀에서 미국이 컵을 획득하게끔 한 어려운 공을 홀에 넣었다. 그 순간 미국팀의 우승을 축하하는 미국 선수들의 아름다운 아내와 여자 친구들이 그린으로 잇달아 나왔다. 유럽 언론은 그들을 이상하게 지켜보며 '어떻게 미국 선수들 모두가 칵테일 웨이트리스와 결혼할 수 있었는지'에 대해 궁금해 했다. 또한 언론은 결혼이 타이거의 경기에 어떠한 영향을 주게 될지 추측하기 시작했다. 잭 니클라우스조차 타이거가 남편과 아버지로서의 책임을 다하는 동안에도 흔들리지 않는 집중력을 유지할 수 있을지 의문을 가졌다. 그러나 타이거와 야고다는 2년 후에 헤어졌다.

2004년, 타이거는 스웨덴 출신 모델 엘린 노르데그렌과 카리브 해의 리조트에서 결혼식을 올렸다. 두 사람은 엘린 노르데그렌이 골퍼 예스퍼 파네빅의 아이들 유모로 일하고 있을 때 만나서 2년간 연애했다. 기자들은 타이거 우즈의 결혼식을 자세히 보도하려는 경쟁심에 불타고 있었다. 타이거와 그의 대변인은 그의 사생활을 보호하기 위해 애썼다. 타이거 우즈의 초호화 결혼식은 바베이도스에 있는 화려한 리조트에서 열렸다. 총 200만 달러의 결혼 비용이 들었다고 보도되었다. 마이클 조던, 오프라 윈프리, 빌 게이츠와 같은 유명인사를 포함한 손님 150명이 그의 결혼식에 초대되었다. 결혼식에 초대된 하객들은 5천700만 달러 상당의 요트를 타고 섬으로 들어왔다. 또한 하객들의 안전을 담당할 보안 팀도 채용되었다. 이 무렵 타이거 팀과 기자들 간의 관계는 전보다 훨씬 편안해졌다.

골프 활동 초기의 여러 실수들

활동 초기에는 홍보의 실패라고 불릴 만한 일련의 사건들이 있었다. 첫 번째 사건은 프레드 헤스킨스 시상식과 관련이 있었다. 타이거는 전례가 없는 US 아마추어 3연속 우승에 이어, 프로 선수 자격으로 4개 대회에서 연속 시합을 가졌다. 그의 상금 순위는 128위로 올랐다. 사실상 그는 이미 1997년도 PGA 투어의 참가 자격을 확보한 상태였다.

타이거 우즈는 1996년도 뷰익 챌린지 대회에 출전하기로 일정이 짜여 있었다. 하지만 타이거 우즈는 지쳐 있었고, 뷰익 챌린지 후원사의 초청을 받아들이지 않기로 결정했다. 타이거 우즈는 대회 일정을 취소한 대신 프레드 헤스킨스 시상식에 참석해서 올해의 대학 선수상을 직접 받겠다고 발표했다. 타이거가 프로 골퍼로서 눈부신 활약을 펼치고 있었고 그에 대한 관심은 엄청났다. 따라서 그의 참석에 대한 기대로 만찬회 티켓은 금세 모두 팔렸다. 하지만 그는 갑작스레 참석을 취소했고, 만찬회는 취소되었다. 언론은 타이거와 타이거 팀을 맹렬히 비난하기 시작했다.

곧 타이거는 자신이 실수했다는 것을 깨달았다. 그는 만찬에 참석하기로 했던 모든 사람들에게 사과 편지를 보냈다.《골프 월드》에 실렸던 타이거의 칼럼에서 그는 이렇게 말했다.

"저도 하나의 사람일 뿐입니다. 그리고 실수를 하기도 합니다. 2주 전 프레드 헤스킨스 시상식의 만찬에 가지 않기로 한 결정이 그런 실수 중 하나였습니다. 전 그 실수와 뷰익 챌린지에 출전하지 않은 것으로 엄청난 비난을 받았습니다. … 전 US 아마추어 대회를 끝내고 얼마나 저 자신이 피곤했는지 미처 알지 못했습니다. 계속 경기를 했었고 결코 쉴 틈이 없었습니다. … 만찬의 중요성에 대해 생각조차 하지 못했습니다. 이제 지나고 나서야 제가 했던 행동이 잘못되었다는 것을 알았습니다."

다음 해 투어에서도 언론의 혹평을 받았던 타이거의 실수들이 있었다. 5월의 마스터스 대회에서 우승한 이후, 타이거는 재키 로빈슨이 야구에서의 흑백 인종차별을 깨뜨린 50주년을 기념하는 기념식에 초대받았다. 클린턴 대통령도 행사에 참석하기로 했다. 초대장은 IMG를 통해서 타이거에게 전해졌고, 타이거는 초대를 거절했다. 그러나 대통령을 푸대접한 것에 대한 일의 여파가 채 가라앉기도 전에 또 다른 논쟁이 거세게 일어났다.

마스터스 대회에는 전통이 있다. 전년도 마스터스 대회 우승자가 대회 전날 만찬 파티의 메뉴를 정하는 것이다. 따라서 1997년도 마스터스 대회에서 우승했던 타이거가 1998년 만찬 파티의 메뉴를 선정해야 했다. 1979년도 마스터스 대회 우승자인 퍼지 젤러가 CNN과의 인터뷰에서 한 말이 곧바로 신문을 통해 보도되었다. 젤러는 마스터스 대회에서 우수한 성적을 거둔 타이거에 대해 칭찬하며 다음과 같은 말을 덧붙였다.

"그 어린 친구는 대회에서는 아주 뛰어난 경기를 하고 있어요. 다만 내년 우승자 만찬 파티에서 프라이드치킨을 대접하지 말라고 권하고 싶어요. 아니면 그가 대접하는 것은 무엇이든지 없었으면 좋겠네요."

젤러는 이 인터뷰 때문에 언론에서 혹독한 비난을 면하지 못했다. 젤러는 타이거에게 직접 사과할 수 없었다. 결국 젤러는 공개적으로 타이거에게 이 사건에 대해 사과할 수 있도록 자신에게 연락을 달라고 요청했다. 나이키를 대표하던 몇몇 선수들은 타이거에게 이 논란을 진정시킬 수 있는 어떤 언급을 해 달라고 요청했다. 마침내 타이거는 퍼지 젤러의 사과를 받아들이겠다고 공식적으로 발표했다. 젤러의 두 번째 사과 이후 3일 만이었다. 이 사건으로 타이거는 동료 투어 프로 선수들로부터 따가운 시선을 받았다.

타이거와 골프 동료들과의 관계는 또 다른 오해로 더욱 어색해졌다. 마스터스 대회 몇 주 후, 타이거는 댈러스에서 열리는 바이런 넬슨 클래식 대회 일정이 있었다. 빌리 안드레이드는 타이거가 투어 프로로 전향했을 때 처음으로 친구가 되었던 사교적인 골퍼였다. 빌리 안드레이드와 브래드 팩슨은 매년 델라웨어에서 자선 골프 대회를 열었다. 그들은 대회 기금을 모금하는 경매를 위해 동료 프로 골퍼들에게 골프공에 사인해 줄 것을 부탁했다. 그들은 마스터스 대회 우승자가 사인한 12개의 골프공을 모두 모으길 원했다. 그래서 타이거에게 골프공에 사인해 주기를 요청했지만 타이거는 이 부탁을 거절했다. 잭 니클라우스와 아놀드 파머가 사인했고, 닉 팔도와 톰 왓슨도 사인을 했다.

이 소식은 언론을 통해 알려졌고, 두 어린 소년이 타이거가 아마추어였을 때 사인했던 골프공을 경매에 기증했다. 결국 배우 조 페시가 12개의 골프공을 5만 달러에 입찰했다. 그리고 타이거 우즈의 사인이 있는 골프공을 두 소년에게 다시 돌려주었다. 자선 경매의 기록으로 이 사건은 널리 알려졌다. 타이거 우즈는 이후 사인된 석판을 기부했지만 그는 전형적인 20살 젊은이들처럼 부족한 판단력을 보였다. 하지만 그는 평범한 20살이 아닌 모든 사람들로부터 주목을 받는 스포츠 스타였다.

그의 젊음은 또 다른 문제를 일으켰다. AP통신 기사에 따르면, 타이거가 가짜 신분증을 만들어서 아이오와에 있는 럭키레이디 리버보트 카지노에 출입한 적이 있다고 한다. 카지노 경비원은 그가 타이거 우즈라는 이야기를 들었지만 "라이언 킹이라도 상관없다"라고 맞받아쳤다.

1997년 3월 발행된 《GQ》기사는 타이거가 미디어에 어떻게 대처해야 하는지 공부하는 좋은 기회가 되었다. 잡지에 실을 사진을 찍기 위해 찰리 피어스 기자는 타이거와 함께했다. 타이거는 그와의 대화가 비공식적인 것이라 생각하고, 경계심을 풀고 인종과 동성애자 학대라는 주제로 함께 외설적인 농담을 했다. 그러나 찰리 피어스 기자는 이런 대화 내용을 모두 기사로 썼다.

《GQ》 기사에 대한 반응은 다양했다. 몇몇 사람들은 타이거가 인간적이라고 느꼈고, 다른 사람들은 타이거가 대중의 소비를 부추기기 위해 주제를 선정적으로 다루는 기자들과 제한된 인터뷰를 한 것에 대한 인과응보라고 생각했다.

타이거 우즈에 대한 대중의 기대

타이거 우즈는 때때로 언론의 비난을 받기도 했지만, 그의 대중적 이미지는 타격을 입지 않았다. 타이거는 점차 성장하고 자신의 행동에 좀 더 책임감 있게 대처함에 따라, 자신의 대리인에게 의존하지 않게 되었다. 그 결과 기사 내용은 더 나아졌다.

그러나 유명한 운동선수는 언제나 자신들을 보도하는 기자들과의 애증 관계를 유지한다. 기자들은 운동선수들에게 접근해야 할 필요가 있다. 기자들은 자신들의 경력을 만들 수도 있고, 없앨 수도 있는 운동선수들을 비난하는 데 주저한다. 운동선수에 대해 부정적인 기사를 썼던 기자들은 대개 그 선수에게 접근하지 못하게 된다. 또한 어떤 선수에게 접근이 거부당했던 기자들은 그 선수에 대한 부정적인 기사들을 쓴다. 타이거의 경우도 그러했다.

《스포츠 일러스트레이티드》는 1998년 올해의 운동선수로 타이거를 선정했다. 골프에서 이룬 타이거 우즈의 전례 없는 기록에도 불구하고 《데일리 뉴스》의 마이크 루피카는 "누군가가 '올해의 운동선수상'을 운으로 받은 것은 이번이 처음이다"라는 표제의 기사를 썼다. 기사에는 얼 우즈가 아들에 대한 부푼 기대를 표현한 것이 드러나 있었다. 얼은 타이거가 결국은 넬슨 만델라, 간디, 부처보다도 더 큰 영향력을 가질 거라고 주장했다. 그 이유는 현대 통신 수단의 발달 덕분에 타이거가 더 큰 여론을 갖게 된다는 내용이었다. 비록 그 이유는 타당했지만, 사실상 그건 한 개인이 큰 소리로 장담할 만한 이야기는 아니었다. 언론의 반응은 타이거 우즈와 접촉을 얼마나 자주 했는지에 따라 달라졌다. 타이거 팀과 친분이 없을수록 얼의 발언은 강도 높게 혹평당할 확률이 높았다.

언론의 논평은 타이거가 언론을 대하는 데 더 큰 부담이 될 뿐이었다. 언론에서 유일하게 자연스러운 현상은 소수자인 타이거가 골프계를 넘어 더 많은 화제를 뿌리기를 기대한다는 것이었다.

2003년도 마스터스 대회 내내 타이거 우즈에 대한 기대가 불편한 상황을 낳았다. 경기 몇 달 전, 전미여성단체연합의 회장 마샤 버크는 어거스타 내셔널 골프장 회장에게 여성 회원을 인정하도록 촉구했다. 마스터스 대회를 앞두고 일어난 이 사건은 신문 1면을 장식했다. 어거스타 내셔널 골프장은 여성 회원을 인정하고, 타이거 우즈는 마스터스 대회 출전을 취소해야 한다는《뉴욕 타임즈》사설로 논란은 절정에 이르렀다. 마스터스 대회 전년도 우승자 타이거 우즈가 이 논쟁에 말려드는 것은 불가피한 일이었다.

퓰리처상을 수상한 칼럼니스트 데이브 앤더슨은 타이거 우즈의 대회 출전을 격려하는 칼럼을 썼다. 그런데 이 칼럼은《뉴욕 타임즈》편집 과정에서 삭제되었다. 마샤 버크는 마스터스 대회를 보이콧했고, CBS에게 대회 중계방송을 취소하라고 강요했다. 또한 그녀는 타이거에게 마스터스 대회 참가를 거부하라고 요청했다. 언론 매체는 의견이 분분했다. 모든 사람들이 타이거 우즈의 의견을 기다렸고, 마침내 그는 이 문제에 대해 자신의 견해를 밝혔다. 타이거는 어거스타 내셔널 골프장이 여성 회원을 받아들이는 게 좋겠지만, 회원제 골프장으로서 그들 스스로 회원 규정을 결정할 수 있다고 말했다. 그리 놀랍지 않게도 마스터스 대회에 참가하는 다른 골퍼들의 의견에는 누구도 관심을 갖지 않았다.

대중은 타이거 우즈가 단지 골프를 치는 것만이 아닌 그 이상의 일을 하길 기대한다는 것이 분명해졌다. 다른 흑인 운동선수들은 인종적인 화제에 대해 큰 목소리를 내며 평판을 쌓았다. 야구 선수 재키 로빈슨, 테니스 선수 아서 애쉬, 권투 선수 무하마드 알리 모두 인종적 논쟁을 자주 거론했던 사람들이었다. 언론은 타이거 우즈가 흑인 운동선수들의 이러한 관행을 따르길 원했다. 타이거는 그저 골프만 치길 원했지만, 매 시간 쫓아다니는 미디어의 관심 때문에 타이거 우즈는 자신의 의지와는 상관없이 조용히 골프에만 집중하기가 점점 더 어려워졌다.

좋은 일에 앞장서는 타이거 우즈

타이거 우즈는 언론에서 요구한 모든 정치적, 사회적 이슈에 관여하는 것을 꺼렸지만, 불우한 이웃을 돕는 일에는 앞장서 왔다. 골프를 통해 부와 명성을 쌓기 전부터 그는 나눔에 대한 의지가 있었다. 주니어 골프 선수 시절, 타이거는 소수자의 아이들을 위한 골프 클리닉을 제공했다. 1995년도 마스터스 대회에서 타이거는 두 번째 라운드를 마치고, 어거스타 내셔널 골프장을 떠나 시립 골프장인 포레스트힐스 골프클럽으로 향했다. 타이거는 흑인 아이들의 모임과 어거스타 내셔널의 흑인 캐디들에게 골프 클리닉을 실시했다. 마스터스 대회를 마치고, 타이거는 마스터스 대회 경기 임원들에게 초청해 준 데 대해 감사하는 편지를 썼다. 일부 냉소적인 기자들은 타이거의 골프 클리닉을 선전하는 도구로 편지와 얼의 공작이 사용되었다고 비난했다.

타이거의 동기에 관한 의문이 사라지지 않고 있는 가운데 샌프란시스코의 대표 신문 《샌프란시스코 크로니컬》의 한 기자는 다른 기자들의 기사에서 논리적이지 않았던 사실을 지적했다.

"편지와 골프 클리닉 관련해서는 얼 우즈의 가치관이 타이거 우즈에게도 스며든 것 같았다. 59번의 마스터스 대회에 900여 명의 골퍼들이 참가했지만, 오직 그들 중 1명만이 너저분한 시립 골프장에서 골프 클리닉을 위한 시간을 가졌다."

타이거 우즈와 얼 우즈는 1996년에 타이거가 프로 선수로 전향하자마자 타이거 우즈 재단을 설립했다. 타이거 우즈가 성장할수록 그의 재단도 함께 성장했다. 실제로 타이거 우즈가 광고하는 기업들은 모두 재단과 관련된 프로그램을 운영했다. 타이거 우즈와 후원 기업 간의 관계는 신뢰와 인정이 있는 관계의 모범이었다.

기업은 타깃월드챌린지라는 골프 대회를 후원할 뿐만 아니라, 어린아이들을 돕기 위해 계획한 '새로운 시작'이라는 프로그램을 만들었다. 여타의 자선 골프 대회와는 다르게, 이 자선 골프 대회는 중계방송권을 얻었다. 타이거 우즈와 우수한 프로골프 선수들이 대회에 참가하기 때문이었다.

최근 타이거 우즈 재단은 교육 센터를 설립하도록 남부 캘리포니아 주 오렌지카운티로부터 보조금을 받았다. 교육 센터는 읽기, 수학, 과학 능력의 향상을 목표로 다양한 배경의 아이들에게 교육적인 방편이 될 것이다. 타이거 우즈가 어려운 아이들을 도울 목적으로 재단을 설립했던 최초의 인물은 아니다. 그럼에도 그가 긍정적인 언론의 주목을 얻은 이유는 재단과 기업 간 만족스러운 결합을 맺었기 때문이었다.

과거의 유명 운동선수들과 비교해 보면, 타이거 우즈는 아직도 한창 자신의 전성기에 있다. 타이거는 현재의 성공을 기반으로 스포츠계를 뛰어넘는 다른 업적을 이룰 수도 있다. 타이거는 골프 신동으로 주목을 받았다. 어렸을 때 천재적인 재능으로 주목을 받았던 아이들의 문제는 미디어가 부추긴 대중의 높은 기대치를 항상 충족시킬 수 없었다는 데 있다. 그러나 타이거는 주니어에서 아마추어로 성장하는 과정에서 골프 선수로서, 그리고 청년으로서 모두 모범적이었다. 예전의 타이거는 자신의 전부를 완벽한 골프 경기를 위해 집중할 수 있었다. 그러나 지금은 골프 경기뿐만 아니라 자신의 삶의 나머지 부분에서도 균형을 잡아야 한다. 오늘날 타이거는 사업가이자 남편으로, 아들이자 모든 이들의 역할 모델로 활동하고 있다.

타이거 우즈는 골프를 치는 특별한 능력을 가진 한 남자였다. 언론은 타이거가 어떤 상상의 기준에 부합해야만 하도록 상황을 만들었다. 놀랍게도 타이거는 골프에서만이 아니라 사생활에서도 그 모든 상상의 기준을 뛰어넘었다.

1997년 프로골프로 눈부시게 입문했지만, 타이거는 1998년과 1999년에 자신의 골프 스윙을 완전히 뜯어고치겠다는 결심을 했다. 또한 타이거가 메이저 챔피언십과 9개의 투어 대회에서 우승했는데도 언론은 타이거 우즈에게 슬럼프에 빠졌느냐며 질문하기 시작했다. 이에 대한 대답으로 타이거는 2000년 US 오픈, 브리티시 오픈, PGA 챔피언십에서 3개의 타이틀을 먼저 획득하고, 2001년 마스터스 대회에서 우승함으로써 그랜드슬램을 완성했다. 타이거 우즈는 2002년도 마스터스 대회와 US 오픈 챔피언십에서 연속해서 우승했다. 그 후 메이저 챔피언십에서 우승하지 못하자 언론은 또 다시 타이거가 슬럼프에 빠졌는지 궁금해 하기 시작했다. 타이거가 사업에 더 관여하고 있다는 둥, 재단에 더 많은 시간을 할애하고 있다는 둥, 갑작스런 결혼 때문이라는 둥의 추측이 난무했다.

2004년 시즌에서도 타이거는 스트로크 플레이 방식의 대회에서 우승하지 못했고, 여느 메이저 대회에서도 9위 이상의 성적을 내지 못했다. 타이거는 좌절하지 않고 경기를 계속했고, 자신의 타수 기록을 돌파하며 PGA 투어 기록을 만들어 냈다. 2005년 초에 타이거는 2개의 대회에서 우승하며 새롭게 각오를 다진 모습을 보여 주었다. 그해 4월의 마스터스 대회에서 네 번째 우승을 달성했고, US 오픈에서 준우승을 하며 세인트앤드루스에서 열린 브리티시 오픈에서 두 번째로 우승했다. 또한 PGA 챔피언십에서는 공동 4위를 기록했다. 이런 눈부신 성적에도 불구하고 미디어와 대중은 아직도 그에게 완벽함을 기대하는 것처럼 보인다.

타이거 우즈의 삶에 대한 조사를 계속하게 만드는 원동력은 성공한 멋진 사람에 대한 사적인 관심과 지칠 줄 모르고 계속되는 대중의 흥미 때문이다. 미디어는 대중이 필요로 하기 때문에 미디어가 대중들의 요구를 만족시키는 것이라고 주장한다. 하지만 그들의 논리는 지나치게 단순화된 것이다. 우리는 이 논리에 의문을 제기해야 한다. 미디어가 배포하는 정보들은 얼마나 정확한 것인가?

미디어 배급의 수가 증가하는 것과 함께 늘어난 미디어 공간을 채워 넣기 위해 더 많은 정보가 필요해졌다. 그러나 정보의 진위를 확인하고 숙고하는 시간은 점차 줄어들었다. 출판 언론계는 항상 마감 시간에 쫓기지만, 인쇄 과정 때문에 편집자는 복사본을 다시 읽고, 사실을 확인하고, 출처를 입증할 기회를 얻었다.

그러나 전자 미디어는 사실을 확인할 기회를 빼앗겨 버렸다. 발 빠른 정보를 요구하는 현대 미디어가 확산되면서 미디어 정보가 배포되기 전에 편집하는 일은 이제 경쟁에서 도태되는 사치가 되었다. 따라서 가장 신중하고 양심적인 기자조차 기사 작성에 필요한 자료를 조사하는 시간이 턱없이 부족해지고 있다.

책이 가장 신뢰받는 정보의 출처였던 시절이 있었다. 글을 쓰고, 출판하고, 배포하는 것은 번거로운 과정이면서도 엄청난 비용이 들었지만 그런 요소들이 책의 정확성을 보장했다. 오늘날 인터넷은 작성자가 오랫동안 고심하지 않고 수백만의 정보에 접근할 수 있다. 비록 인터넷은 정보를 찾는 데 편의성을 가져왔지만, 잘못된 정보에 의존하게 될지도 모르는 위험이 존재한다. 궁극적으로 가장 신뢰성이 높은 기사의 출처는 본인을 비롯한 주변 사람들이다. 그러나 이 경우에는 기자들은 사심 없는 공정한 기사를 작성하기 어려워진다는 문제점이 있다.

타이거 우즈는 기자와의 관계가 미치는 기사의 패러다임을 극명하게 보여 준다. 뛰어난 작가이며 논평가인 존 파인스타인은 타이거 우즈에게 가장 비판적인 견해를 보이던 사람이었다. 그래서 IMG는 자신들이 가진 영향력으로 파인스타인에게 외압을 행사했다. 타이거에 관한 부정적인 기사들로 파인스타인은 타이거 팀에 가까이 갈 수 없었다. 반면 타이거와 얼에 관해 긍정적인 기사를 썼던 기자들은 타이거와 타이거 팀을 가까이할 수 있는 기회를 얻었다.

비록 기자들이 기사 작성을 위한 인터뷰의 기회를 얻지 못하더라도, 다른 방법을 통해 많은 사실을 수집할 수 있다. 일례로, 얼 우즈에 대해 대중들이 알고 있는 대부분의 정보는 그의 자서전을 통한 것이다.

존재만으로도 다양성을 상징하는 타이거 우즈

얼 우즈는 아들을 잘 키워 냈다고 자부하는 사람이었으며, 그러한 명예를 얻기를 원했다. 하지만 얼 우즈가 아무리 좋은 부모 역할을 했을지라도 한 사람, 한 골퍼로서 타이거의 성장은 부모의 노력 이상의 무언가에 의해 주도되었다. 얼은 종종 말실수를 했고, 언론에서 자주 비난의 대상이 되기도 했다. 얼 우즈는 타이거가 성공한 이후에 전 부인과의 문제들에 관해 공개적으로 말했다. 그는 아직까지 첫 번째 결혼에서 얻은 세 아이와 좋은 관계를 유지하고 있다. 그리고 그들에게 자신이 그렇게 좋은 아버지가 아니었다고 인정했다. 또한 그는 현재 쿨티다와의 관계에 대해서도 상당히 솔직했다. 그는 자신의 삶을 보기 좋게 꾸미려 하지 않았다. 그 때문에 우리는 타이거 우즈를 키웠던 한 남자를 비난하기 어렵다.

우리는 단지 그의 우수함만을 인정할 수는 없는 것인가? 타이거 우즈는 골프에서 보여 주는 뛰어난 능력 이외에 어떤 다른 것을 해야만 하는가? 그는 차별받아 왔던 또는 차별받을 모든 사람들에게 무언가를 말해야만 하는가? 부유층 특권의 전형이며 가장 배타적인 프로 스포츠에서 소수자인 그가 지금까지 이룬

261

성공만으로도 충분하지 않은가?

PGA 투어의 프로 골퍼 대부분은 골프 장학생으로 대학교에 입학한다. 그들이 대학교를 졸업하면 곧바로 부를 보장받는 직업을 가진다. 독자적으로 사업을 경영하거나 기업의 중역으로 일한다. 또한 그들은 보수적인 경향을 보인다. 하지만 이들과 다르게 타이거 우즈는 투어 프로 골퍼의 세계에서 다양성을 실현한 사람이다.

타이거 우즈는 PGA 투어의 다른 골퍼들과는 다른 판단의 잣대로 평가된다. 대부분의 프로 선수들은 자신들에게 역할 모델로서의 책임이 있다는 데 동의하지 않는다. 그러나 타이거 우즈는 가장 위대한 골퍼가 되었고, 젊은 사람들 특히 소수자들에게 역할 모델을 제시하고 있다.

연혁표

타이거 우즈 일생의
중요한 사건들

1975년 12월 30일 출생

1978년~1981년 CBS 뉴스 출연, '마이크 더글라스 쇼'에 출연해서 밥 호프와 퍼
팅 대결

캘리포니아 사이프러스 미 해군 골프클럽에서 9홀 48타 기록

텔레비전 쇼프로그램 '댓츠 인크레더블'에 출연

1982년~1989년 '투데이', '굿모닝 아메리카', ESPN, CBS, NBC, ABC 출연

8살, 9살, 12살, 13살 때 옵티미스트 인터내셔널 주니어 챔피언십에
서 우승

13살 때 인슈어런스 골프 클래식에서 준우승

1990년 옵티미스트 인터내셔널 주니어 챔피언십에서 우승

인슈어런스 골프 클래식 대회 최연소 우승자

1991년 미국주니어골프협회 선정 올해의 선수

《골프 다이제스트》 선정 올해의 주니어 선수

남부 캘리포니아 선정 올해의 선수

타이틀리스트와 《골프 위크》 선정 올해의 선수

롤렉스 주니어 전 미국 대표에 선발

US 아마추어 챔피언십 참가

1992년 PGA 투어인 닛산 LA 오픈에 참가

US 오픈 최종 예선 참가

US 아마추어 챔피언십 32위

롤렉스 주니어 전 미국 대표에 선발

《골프 다이제스트》선정 올해의 선수

남부 캘리포니아 선정 올해의 선수

타이틀리스트와《골프 위크》선정 올해의 선수

《골프 월드》선정 올해의 선수

1993년 US 주니어 챔피언십 우승

US 아마추어 챔피언십 32위

롤렉스 주니어 전 미국 대표에 선발

닛산 LA 오픈, 혼다 클래식, GTE 바이런 넬슨 클래식에 참가

US 오픈 최종 예선 참가

11월 스탠포드 대학교의 1994년도 신입생으로 입학

1994년 플로리다 TPC 소그래스에서 열린 US 아마추어 챔피언십 우승

웨스턴 아마추어 챔피언십 우승

남부캘리포니아골프협회 아마추어 챔피언십 우승

북태평양아마추어 챔피언십 우승

프랑스 베르사유에서 열린 세계 아마추어 골프팀 챔피언십에 출전하

는 미국팀 선수로 선발

《골프 월드》선정 올해의 남성

1995년 뉴포트 컨트리클럽에서 열린 US 아마추어 챔피언십 우승

마스터스 대회 공동 41위로 아마추어 선수로서 유일하게 예선 통과

스코틀랜드 세인트앤드루스 골프클럽에서 열린 브리티시 오픈에서 공동 67위

영국 웨일스에서 열린 워커컵 대회에 출전하는 미국팀 선수로 선발

전 미국 대표 대학 골프팀에 선발

스탠포드 대학교 선정 올해의 신입생

1996년 《스포츠 일러스트레이티드》 선정 올해의 운동선수

PGA 투어 선정 올해의 신인

오리건 주 코넬리우스 펌킨리지골프클럽에서 열린 US 아마추어 챔피언십 우승, 유일한 3연속 우승자로 기록

테네시 주 채터누가 아너스 코스에서 열린 미국대학체육협회 챔피언십에서 285타로 우승

프레드 하스킨스 올해의 대학선수상 수상

만장일치로 전 미국 대표 대학 골프팀 선발

US 오픈 공동 82위

영국 로열 리텀앤드세인트안네스에서 열린 브리티시 오픈 72홀 281타 기록

세계 랭킹 33위로 등극, 역사상 50위권 내에서 가장 빠른 상승으로 기록

1997년 AP통신 선정 올해의 남자 선수

ESPY 선정 올해의 남자 선수

PGA 투어 244만 831달러로 상금 랭킹 1위로 등극

마스터스 대회 72홀 270타를 기록하며 우승. 그리고 12타 차이의 우승이라는 마스터스 기록 수립. 최연소 우승자가 되었고, 메이저 챔피언에서 우승한 최초의 흑인이 되었음

1998년 NEC 골프 월드시리즈를 끝내며, 프로 선수로서 2년 동안 PGA 투어 47번의 대회에서 7번 우승을 하고 26번의 상위 10위권 내 기록을 세움

프레시던트컵에 출전하는 미국팀에 선발

현재의 PGA 투어 최다 연속 컷오프 통과 기록 보유. 1996년 PGA 투어에 진출한 이후 48번 경기에서 단 한 차례의 컷오프 탈락만을 기록

1999년 AP통신 선정 올해의 남자 선수, 시상이 시작된 1931년 이래로 3년 동안 2번 지정된 일곱 번째 운동선수이자 두 번째 골퍼

ESPY 선정 올해의 남자 선수

ESPY 선정 10년간 최고의 골퍼

PGA 투어, PGA, 미국골프기자협회 선정 올해의 선수

661만 6천585달러로 PGA 투어 상금 순위 1위

마크 맥코맥 시상식에서 1999년 세계 공식 골프 랭킹 1위 수상

라이더컵 대회에 출전하는 미국팀에 선발

1929년 호튼 스미스의 PGA 투어 8회 우승 이후, 가장 어린 나이로 PGA 투어 8회 우승

1953년의 벤 호건 이후 처음으로 PGA 투어 대회에서 4연속 우승

2000년 《스포츠 일러스트레이티드》 선정 올해의 운동선수

AP통신 선정 올해의 남자 선수

ESPY 선정 올해의 남자 선수, 4년 동안 세 차례 선정

PGA 투어, PGA, 미국골프기자협회 선정 올해의 선수

《스포팅 뉴스》 선정 운동계 가장 영향력 있는 사람

프랑스 스포츠 전문지 《레퀴프》 선정 세계 최고의 선수

로이터 통신 선정 올해의 운동선수

평균 최저 타수 68.17로 1945년 바이런 넬슨의 기록을 깸

시즌 평균 최저 타수 67.79로 바이런 넬슨 시상식 PGA 투어과 바든 트로
피 PGA 수상

918만 8천321달러로 PGA 투어 상금 순위 1위

마크 맥코맥 시상식에서 2000년 세계 공식 골프 랭킹 1위 수상

US 오픈 챔피언십 우승, 타이 오픈 기록 총 272타

브리티시 오픈 챔피언십 우승, 19언더파 269타로 브리티시 오픈과 메
이저 챔피언십 최저 타수 기록 수립

PGA 챔피언십 우승, 18언더파 270타로 PGA 챔피언십 최저 타수 기
록 수립

프레시던트컵에 출전하는 미국팀에 선발

최초로 US 오픈, US 아마추어, US 주니어 아마추어에서 모두 우승한
선수가 됨

브리티시 오픈 우승으로 프로 메이저 챔피언십에서 그랜드슬램을 완

성한 다섯 번째 선수이자 최연소 선수가 됨

PGA 챔피언십 우승으로 3개의 메이저 챔피언십을 같은 해에 우승한 첫 번째 선수가 됨

2001년 마스터스 대회 우승으로 동시에 4개의 프로 메이저 챔피언십에서 모두 우승한 최초의 골퍼가 됨

PGA 투어, PGA, 미국골프기자협회 선정 올해의 선수

시즌 평균 최저 타수 68.81로 바이런 넬슨 시상식 PGA 투어과 바든 트로 피 PGA 수상

568만 7천777달러로 PGA 투어 상금 순위 1위

마크 맥코맥 시상식에서 2001년 세계 공식 골프 랭킹 1위 수상

2002년 마스터스 대회 우승

PGA 투어, PGA, 미국골프기자협회 선정 올해의 선수

691만 2천625달러로 PGA 투어 상금 순위 1위

4년 연속 PGA 투어 상금 순위 1위를 기록한 두 번째 선수가 됨

라이더컵 대회에 출전하는 미국팀에 선발

US 오픈, US 아마추어, US 주니어 아마추어에서 각 대회마다 2번 이 상 우승한 최초의 선수가 됨

2003년 PGA 투어, PGA, 미국골프기자협회 선정 올해의 선수

PGA 투어에서 상금 667만 3천413달러 획득

마크 맥코맥 시상식에서 2003년 세계 공식 골프 랭킹 1위 수상

프레시던트컵에 출전하는 미국팀에 선발

5년 연속 PGA 투어에서 5개 대회에서 우승한 최초의 선수

2004년 라이더컵 대회에 출전하는 미국팀에 선발

4천514만 2천737달러로 PGA 투어 상금 순위 1위

8월 29일 세계 골프 랭킹을 통해 통산 334주 연속 세계 골프 랭킹 1위

기록 수립, 이전 기록은 그랙 노먼이 세운 331주

마크 맥코맥 시상식에서 2004년 세계 골프 랭킹 1위 수상

10월 5일 엘린 노르데그렌과 결혼

2005년 뷰익 인비테이셔널 대회 우승

도랄 오픈 우승

마스터스 대회 우승

세인트앤드루스 골프클럽에서 열린 브리티시 오픈 우승

더 큰 나를 위한 리더십 04

타이거
우즈

천재는 노력으로 만들어진다

초판 1쇄 인쇄 2010년 10월 11일
초판 1쇄 발행 2010년 10월 20일

지 은 이 로렌스 J. 론디노
옮 긴 이 김은후
펴 낸 이 신원영
펴 낸 곳 (주)신원문화사

편   집 장경근 김순선 최미임
디 자 인 송효영
영   업 이정민
총   무 양은선 정하영 윤경란
관   리 조경화 김용권 박윤식
경영지원 윤석원

주   소 서울시 영등포구 당산동 121-245 신원빌딩 3층
전   화 3664 - 2131~4
팩   스 3664 - 2130
출판등록 1976년 9월 16일 제5 - 68호

* 파본은 본사나 서점에서 교환해 드립니다.

ISBN 978-89-359-1544-6 (03840)
ISBN 978-89-359-1535-4 (세트)